AU BONHEUR DES ÂMES

Patrick Sébastien

Au bonheur des âmes

Stock

Cet ouvrage est publié aux Éditions Stock
grâce à la collaboration de Huguette GUEDJ
et de Christian SÉRANOT-SAURON.

Réalisation PAO : Dominique Guillaumin.

INTRODUCTION

Dans les librairies d'aujourd'hui, on trouve du sportif, du chanteur, de la marchande de tisane, du prêtre ouvrier et du syndicaliste récupéré. Cela nous met la philosophie d'arrière-comptoir au rang du Balzac premier cru. Il ne manquerait plus que Jordy écrive ses Mémoires, et j'imagine avec effroi et pourcentage François-René de Chateaubriand intervenant d'outre-tombe pour que ses Mémoires à lui soient rebaptisées *Dur, dur d'être enterré.* Quand les écrivains de gouttière sont plus gras que les persans, c'est qu'il y a du mou dans la culture !

Passant outre à ces considérations félines, j'ai cependant décidé d'écrire ce livre, bien que tout à fait conscient (je n'ai même pas dégrafé ma chemise) de mon incapacité à être le nouveau Bernard-Henri Lévy. D'ailleurs, le pourrais-je que je ne voudrais pas infliger à son ego surdéveloppé l'occasion d'être traité d'« ancien Patrick Sébastien » : imaginez l'ire d'Arielle (j'ai écrit « ire » pour « colère » afin que vous vous demandiez si j'ai, soit un bagage culturel, soit un dictionnaire de mots croisés).

Ce livre est bref. Non par manque de temps ni d'imagination, mais parce que je ne pense pas que l'épaisseur du contenant ajoute à la consistance du contenu. Pourquoi écrire en une page ce qu'on peut écrire en une ligne ?

Exemple : « L'été est la saison où l'on fauche. Cet épi de blé, né d'une terre grenée, pauvre, s'est épanoui au soleil des autres. Semence de banlieue, le voilà poussant bicéphale, tête à claques et tête pensante, si drôle et insolent que bientôt des milliers d'épis se mirent à pousser aussi à contre-vent, penchés du côté d'où ça souffle. Irrévérencieuses et narquoises, la fleur et la tige insoumises allèrent jusqu'à briguer l'honneur de régner sur les champs. Et puis soudain, cette idée saugrenue d'être le pain des pauvres. Mais la moissonneuse à pitres ne sait pas que les étés de quarante ans devraient durer bien plus. Et au détour d'une lame, l'épi exceptionnel s'effondra au creux d'un sillon de juin chaud. Sans casque... »

Voilà une dizaine de lignes d'une clarté douteuse, alors qu'il aurait suffi d'écrire « Coluche est mort ». Je serai donc concis par goût, et non par impuissance.

Ceci n'est ni un roman, ni une autobiographie. Peut-être un guide, un compagnon, j'espère.

Mais pourquoi ce livre ?

Parce que après avoir été rejeté, humilié, blessé, malade, seul, trahi, volé, dépendant et désespéré (la liste n'est pas exhaustive), je suis aujourd'hui heureux, fier, équilibré, optimiste, sans rancune, amoureux, humaniste et vivant (sans exhaustivité non plus). Je dis, sans crainte ni forfanterie, qu'aujourd'hui, je suis moralement indestructible.

La méthode que j'ai appliquée pour en arriver là ? Elle est simple. Paradoxalement égoïste et généreuse. Applicable par tous, dans les limites géographiques et temporelles qui sont les miennes : je suis un Occidental français né au milieu du XXe siècle, il est donc évident que mon approche du bien-être a ses racines dans le siècle où nous vivons, dans la société de consommation où j'évolue, même si je crois cette méthode susceptible de traverser les océans, voire les siècles.

Je suis trop inculte, pas assez voyageur et insuffisamment futurologue pour savoir si cette évidence que je sens en moi, et que je veux vous communiquer, est adaptable à l'outre-monde et à l'outre-temps. Il faut prendre ma méthode pour ce qu'elle est : une solution possible aux souffrances morales de tous ordres, dans les limites du cadre précité.

Dans ce cadre-là, la souffrance n'a ni âge, ni couleur de peau ; elle ne dépend ni du compte en banque, ni du physique. Elle est présente. Elle est irréversible. On ne supprime pas la souffrance, on la dissimule, on fait avec, on la trompe, on la réduit, on l'ignore. Et j'affirme que la seule arme contre elle est de s'en faire une complice.

Ce livre s'adresse à ceux qui la subissent, et ils y trouveront une solution pour chaque cas : la différence, la défaite, l'humiliation, la trahison, la dépendance, le chagrin d'amour, la douleur suprême, la douleur de l'autre, la mort de l'autre, le manque, la solitude, l'envie de mort, la jalousie, la pauvreté, la richesse, le désespoir sous toutes ses formes.

La première base de cette méthode, c'est l'humour. Qu'il soit noir, rose, fin ou énorme, le sourire intérieur sur soi, sur les autres ou sur les événements est la condition *sine qua non* du bien-être, au sens de l'« être bien ».

La deuxième base est le non-apitoiement sur soi-même.

La troisième est l'abandon de toute idée de vengeance.

À partir de ces trois bases, il s'agit d'édifier une pyramide d'amour. C'est difficile, et long. C'est un dur travail sur ce qu'on a été jusqu'à présent, mais le bonheur exclut la passivité. Le prétendant au bonheur est un actif. Il doit être attentif et rigoureux – adjectifs qui, je le reconnais, évoquent plus l'abnégation douloureuse que la sérénité heureuse – mais, vous vous en apercevrez, le résultat est déjà dans l'effort. Et si cette méthode concerne tous et toutes, en l'appliquant, ne pensez qu'à vous seul : quoi qu'il en soit, votre propre bonheur passe systématiquement par celui des autres.

Ancrez donc profondément en vous l'image de cette pyramide aux bases d'humour (**base 1**), de non-apitoiement (**base 2**) et de non-vengeance (**base 3**), et suivez-moi dans les cas particuliers que je vais aborder un à un, en sachant bien que mon navire n'est piloté par aucune secte, ni religion ou parti politique.

Pour illustrer la méthode, je vais très souvent me raconter : toutes ces références personnelles sont rigoureusement exactes. Leur but est de servir de repères : à vous de les manipuler et de les adapter. Mes mots ne sont peut-être pas les vôtres, mes expériences non plus, mais je nous crois des moteurs identiques avec des carrosseries différentes.

Vous trouverez également dans ce livre, entre chaque chapitre, une correspondance imaginaire, relation épistolaire farfelue ou grave. Effet de style ou besoin d'écho, ces pages charnières peuvent être sautées. Quoique... Peut-être ces fausses lettres vous donneront-elles envie de m'écrire vous aussi... L'écriture à l'autre est souvent un début d'amour. La preuve.

Et puis, au début de chaque chapitre, nous irons nous promener ensemble dans l'Allée des Platanes. Une petite rue comme beaucoup d'autres.

Au début, il y a un enfant...

1
La différence

L'enfant remonte l'« Allée des Platanes ». C'est le pôle Nord de Juillac. L'équateur, c'est l'église. L'enfant habite juste dessous l'équateur. Juillac est un petit bourg de Corrèze. Paris, c'est la lune. Nouillorque, tu vois, il ne sait même pas comment ça s'écrit, tellement c'est loin. Il a sept ans, l'enfant.

Là, il va prendre à gauche. Le fossé l'emboue. Il écarte les barbelés du champ aux vaches. Sa chemisette accroche. La terre sur ses mains, il l'inscrira sur son nez en se redressant. Le matin est frais, il s'est mouché du doigt.

Le clocher sonne un mort : une vieille, partie de trop de temps, une parente peut-être, va savoir : il manque à l'enfant une moitié d'arbre.

Le merle jaune en gueule lui tourne la plume. Il sort sa fronde. Il y place le triangle d'acier.

Les feuilles se sont ébréchées au projectile. Le merle a filé. Muet. C'est l'enfant qui siffle. Quelle belle matinée !

Quatre heures et demie dans la maison sous l'équateur : la grand-mère a préparé une frotte à l'ail. C'est du pain, du lard, du fromage et de l'ail donc. L'enfant se sent grand de manger fort. Comme le grand-père qui sent le pain. Après, dans la deux-chevaux camionnette, lui aussi sentira le croustillant des levains d'avant. La tournée du pain le mènera aux fermes. Les fermes de chez les clients du grand-père. Les maîtresses aussi.

– Tiens, Patrick, va pêcher un peu, le temps que je livre le pain et que je boive un coup.

– Dans combien de temps je peux revenir, pépé ?

– Une demi-heure. Il faut bien ça pour faire une bonne pêche.

Et Gabriel, dit Jésus, mon grand-père, allait culbuter la Marie Madeleine cantonale au risque d'embâtarder un Patrick de plus.

Le problème, c'est que la nuit il rêvait tout haut, Jésus. Il disait les prénoms. Et la grand-mère assise sur le bord du lit pestait, tonnait, et finalement s'endormait parce qu'on se levait tôt chez nous, dans la maison sous l'équateur.

Quand l'enfant reprenait l'Allée des Platanes, le lendemain, il savait qu'il croiserait encore l'oiseau noir. Pas le merle, le curé. Le doyen, on l'appelait. Un brave homme qui ne saura jamais que, dans son jardin, le 15 février 1953, l'herbe était froissée, chaude, et deux corps dessus.

L'enfant, après avoir croisé le merle de Dieu, aperçut trois autres gamins de son âge, venant du champ aux vaches, qui avaient écarté les barbelés sans accroc à la chemisette et qui, sans s'embouer, avaient bondi joyeux dans l'allée. Ils avaient trois merles. Et trois vélos.

– Attendez-moi ! courait-il derrière.

Ils filaient sans l'attendre. Quand il arrivait sur la place où déjà ils jouaient au foot, les équipes étaient faites. L'enfant attendait encore. Et puis, quand même :

– Allez, vas-y, rentre ! Moi je suis fatigué.

Course. Dribble. Croc-en-jambe. Et une tarte aux genoux. Gravier crème sang.

– Pourquoi tu m'as fait tomber ?

– T'as qu'à le dire à ton père !

Un soir de 14 Juillet, pire ils ont fait. Juste à côté de l'Allée des Platanes, ils l'ont coincé dans un local. A dix. Un coup sur la tête à chaque fusée qui pétait.

– T'as qu'à le dire à ton père !

On apprend l'orthographe longtemps après la vie : « différent », avant de prendre deux « f », ça prend d'abord deux claques.

La diversité fait l'humanité. Et c'est cette même diversité qui l'accable. Trop grand, trop petit, trop gros, trop noir, trop blanc, handicapé mental, handicapé physique ; et face à nous, nos anti-, nos contraires, avec le cortège de souffrance et d'exclusion que cela entraîne. Nos conditions, nos enveloppes de naissance ainsi que nos différences acquises nous précèdent, nous suivent, et nous livrons un perpétuel combat pour faire accepter à l'autre que nous sommes ce que nous sommes.

« Beau... Qu'est-ce que c'est cette petite différence de l'un et l'autre, les nègres sont tous noirs, les Chinois se ressemblent. C'est pas parce que les lions sont plus beaux que les lapins qu'il faut que les lapines leur courent après en leur faisant de l'œil. » C'est Pagnol. C'est le mari de la femme du boulanger. C'est vrai.

Moi, j'ai été éjaculé le 15 février 1953 dans le jardin du curé. Pour plonger dans la différence neuf mois plus tard, lorsque mon éjaculateur décida qu'il n'était pas et qu'il ne serait jamais mon père.

En fait, on a été deux à plonger dans la différence : ma mère et moi. Moi, différent de naissance ; elle, le devenant par le fait. Mère célibataire on dit aujourd'hui. À l'époque, on disait « pauvre fille », « salope » ou « putain », selon l'épaisseur des volets du village. Et moi, je marchais jusqu'à l'Allée des Platanes en sachant dès le début qu'on ne me regardait pas comme les autres enfants. Ça a été ma force et ma souffrance.

Aujourd'hui, dans le village, il y a une plaque sur la maison où je suis né. C'est la victoire de ma différence, et je n'en veux à personne. Je ne suis pas arrivé à ça « malgré » cette différence mais « grâce à ».

Dis toujours « grâce à ». C'est « grâce à » ta couleur de peau que l'avenir sera moins noir. Elle sera ta chance. Tu seras peut-être le premier président de la République française noir, ou bien tu seras un anonyme, mais ta peau sera ta fierté, pas ton handicap, parce que tu en auras décidé ainsi. Parce que cette couleur ne sera jamais une excuse. Quand un flic te traitera de « sale nègre », tu répondras : « Vous avez peut-être vos raisons, monsieur, mais je vous jure que chez moi, c'est propre et bien tenu, d'ailleurs je vous y invite à boire un verre. » Il refusera sûrement. Alors, quelques jours plus tard, tu le retrouveras et tu lui diras en lui offrant un cadeau : « J'étais vraiment sincère l'autre jour… Tenez, c'est pour vous, ça me fait plaisir. »

À partir de cet exemple, je voudrais te démontrer toute l'importance de la pierre dont est faite ma pyramide à trois bases. Chaque fois qu'on est injuste avec ta différence, tu es l'immigré à Paris, et tu dois rendre le bien pour le mal. Tu dois faire le cadeau au flic. Je sais que ce n'est pas dans notre logique, je sais que cela frotte avec l'orgueil et l'amour-propre. Mais le ressentiment ne fait souffrir que celui qui le cultive. Essaie, fais-moi plaisir, essaie, juste dans les jours qui viennent, de réagir de cette façon. Je te garantis que le bien-être, tu le sentiras instantanément : tu seras le « sale nègre » heureux.

Quant au flic, qu'il soit heureux ou pas, ce n'est pas ton problème. Il trouvera peut-être une solution dans le chapitre « La solitude », parce qu'il faut être diablement seul pour refuser le cadeau de quelqu'un qu'on vient d'insulter.

Il faut faire le bien pour le mal parce que la rancune ne ronge que toi, et toi seul.

On meurt souvent de sa différence, parfois à petit feu, tout au long de sa vie ; parfois brutalement, parce qu'on ne l'accepte plus. Ne meurs pas de ta différence ! Vis d'elle ! Sois la grosse sexy, sois le petit qui monte une équipe de basket, crée le club des cons de moins de cinquante de QI, sois le Maghrébin qui cotise aux œuvres de la police !... J'ai bien fait un gala de bienfaisance pour une association que préside mon éjaculateur.

Il faut que tu saches trouver ta force dans ta différence. Être clown plutôt que clone. La sonorité est presque la même, et c'est le nez rouge qui fait l'identité. Les clones sont sur des gradins, les clowns en piste. La vie est un cirque, et le bonheur est de se faire applaudir.

La pyramide de la différence est donc celle-ci :

Base 1 (humour) : Attendu que nous ne sommes blessés que par référence à la norme, si la norme de grandeur était de 8O cm pour l'homme, de Gaulle aurait lancé son appel de la foire du Trône.

Base 2 (non-apitoiement) : Es-tu à la fois aveugle, sourd, paraplégique, obèse, nain, pauvre, tuberculeux, méchant, contagieux, con, juif, musulman, orthodoxe, pédé, bâtard, blanc, noir, jaune et insortable ? Non ? Alors tu vois bien qu'il peut y avoir pire.

Base 3 (non-vengeance) : Ne t'ajoute pas une tare supplémentaire en devenant un handicapé de l'amour.

Le corollaire inévitable de la différence, c'est l'humiliation. Ma méthode pour y résister est sensiblement la même, avec quelques nuances. Car si la différence est souvent permanente et larvée, il arrive que l'humiliation soit brève mais soudaine et violente. Là, il est bon de discerner deux réactions, le réflexe et la réflexion.

Je ne peux pas te conseiller de ne pas avoir de réflexes. Par définition, le réflexe est irréfléchi, insoumis. Il serait presque inhumain de contrôler ses réflexes. Donner un coup de poing par réflexe est excusable, après réflexion non. Surtout s'il y a eu insulte, et qu'elle était minable.

Juste une petite parenthèse mutine sur l'évolution de l'insulte à travers les âges : cette évolution nous a fait passer de « manant » à « trou du cul ». Conviens-en, c'est terriblement réducteur de passer d'une entité à son orifice. L'insulte moderne souffre aussi de la contradiction, comme « va te faire foutre » et « pédé ». Dans le second cas, la chose est faite; dans le premier, elle va l'être. Faudrait savoir. Je considère aujourd'hui que la pire des insultes est de ne rien dire, et de n'en penser pas moins. Ce qui te permet d'échafauder *in petto* un Lego de vulgarités que tu ne te feras même pas l'honneur de dévoiler à cet « enfoiré de fils de pute » qui te fait face. Le silence est l'insulte du sage. Vu notre manque d'imagination dans l'agression verbale et le peu de traits vexants dont nous disposons, il ne me paraît pas utile de se rabaisser au simple rang de perroquet. Le quolibet est un perchoir à cons !

Dans mes débuts à Paris, un patron de cabaret m'a fait monter sur une table pour m'humilier ensuite devant tous les consommateurs. C'est une des dernières humiliations violentes que j'ai subies après en avoir connu des centaines dans mon enfance. L'humiliation des professeurs pour l'enfant qui porte le nom de sa mère, l'humiliation du 14 Juillet, et l'énorme point d'interrogation qui suit le poing sur la gueule : « Pourquoi ? » Réponse : « Pour rien ! »

Le plaisir d'humilier est celui de qui, justement, se sait rien, et trouve dans ce plaisir-là l'occasion de se prouver qu'il sera quelque chose. Alors, lui en vouloir ?

Jamais ! Donc, le réflexe bien sûr : tu m'as humilié, je te frappe, tout ça sur le coup, pourquoi pas ? C'est un réflexe. Mais si tu en as la force, donne-toi le temps de la réflexion, en t'appuyant sur les trois bases de ma pyramide.

Base 1 (humour) : C'est peut-être vrai que je suis une merde, mais ça fait des années que je me marche dedans et ça porte bonheur !

Base 2 (non-apitoiement) : Vous m'avez traité d'enculé devant tout le monde ? Le mot fait moins mal que le fait accompli !

Base 3 (non-vengeance) : Pour agir de la sorte, c'est que vous voulez vous prouver que vous existez au-dessus de moi : je suis l'employé et vous êtes le patron qui m'insulte ; vous êtes le mari dominateur et je suis la femme trompée, battue devant ses enfants ; vous êtes le fils qui frappe le père et je suis le père qui encaisse. Seulement voilà, vous n'êtes pas si sûr que ça d'être un bon patron, un bon mari ou un bon fils. Alors, pour vous rassurer, vous humiliez ! Ne cherchez donc plus à vous rassurer : vous êtes un bon patron, un bon mari ou un bon fils.

C'est moi, insulté, trompé, frappé, qui vous le certifie. C'était juste un moment d'égarement. Vos insultes, vos frasques, vos coups, je les ai déjà oubliés. Tout ça deviendra respect, un jour ou l'autre, parce que mon attitude et ce que je viens de vous dire vous y forceront !

Pour résumer : pas question d'être un agneau. Le réflexe est toléré, mais non souhaitable, même si le coup de pied dans les couilles du patron, du mari ou du fils reste une éventualité non négligeable.

Mais c'est le pardon sincère qui provoque le bonheur, pas le réflexe. D'abord parce qu'on peut se faire mal au pied, et qu'ensuite, si le réflexe a suffi à calmer l'humiliant, cela signifie qu'on a tapé dans rien. Et se faire humilier par quelqu'un qui, en plus, n'a pas de couilles, c'est encore plus humiliant.

Donc, en cas d'humiliation, silence, réflexion et pardon. Et si ça fait du bien, « merci Sébastien ».

Du haut de mon stylo, je t'entends murmurer, à cause du ton léger, du côté farce avec lequel j'aborde les gravités de la vie. Ce style t'accompagnera tout au long de ce livre. Ou tu l'acceptes, ou tu t'en vas. Car il est l'essentiel de mon propos. Le filigrane futile, c'est le filigrane de la vie. Tu veux que ton cœur soit léger ? Écarte les idées lourdes. Tout est futilité. Tout doit être relativisé. Tout ce qui se prend au sérieux est une mascarade de la réalité. Si un homme passe nu dans une rue un jour de carnaval, les encravatés vont le croire déguisé !

Le bonheur est nu, aérien, simple comme mes phrases depuis le début. La philosophie en smoking, treillis, duffle-coat ne réchauffe que ceux qui la propagent. Je t'aime, et je veux que tu aimes encore plus les autres. Il faut que tu comprennes absolument la soutenable légèreté de l'être.

Le mélodrame est une invention d'écrivain. Ta réalité, si tu le veux, ne se mélodramera plus jamais.

Monsieur Sébastien,

Je m'appelle Olallah M'Femal. Je suis présentement étudiant en études pour le savoir à la faculté de Paris 20e. Tout d'abord veuillez accepter mes salutations de sollicitude pour avoir écrit ce livre que j'ai lu sans faillir du début à l'extrémité finale.

Pour me décrire, sachez que je suis assez grand habillé d'une chemise jaune et je vous écris avec un chapeau.

Je vous écris pour une sollicitation à vous demander que vous comprendrez superbement quand vous saurez à quel propos justement j'en fais part à ma lettre. Il s'agit au sujet du chapitre 1er que vous employez l'exemple de l'homme de couleur face à face avec la haine d'un policier. J'ai donc tenté subrepticement de tenter l'expérience. J'ai abordé dans la rue d'un flic pour voir s'il allait me traiter de « sale nègre ».

– Alors ! lui ai-je dit, je suis un sale nègre ?

Tout d'abord il fit celui qui n'entendait pas mais je sentais le déferlement en lui de colère. Je récapitulais donc ma question :

« Suis-je un sale nègre ? » Il se contenta d'un haussement de ses épaules avant de s'éloigner face au bitume sans avoir répondu.

Ma conclusion est donc la suivante : votre coup du flic qui dit « sale nègre » pour lui dire d'aller boire un coup chez moi ça ne marche pas systématiquement. Je me retrouve donc avec le cadeau que j'avais acheté d'avance et je ne sais que faire par-devers moi : le garder pour moi-même ou le rendre au marchand du coin. Si vous pouviez contre remboursement vous en acquérir à votre tour il me semble que ça serait justice.

Et méditez qu'avant d'écrire des sornettes, on doit vérifier avant ! J'ai d'autre part qui n'a rien à voir avec ça une cousine dans ma famille qui cherche à avoir du ménage à faire comme employée chez vous peut-être. Mais vous avez grand cœur, et dans votre chapitre qui ne fait pas de différence, pourquoi pas elle justement ?

En espérant expressément la réponse d'une acceptation pour ma cousine et du remboursement du cadeau, veuillez recevoir encore mes salutations distinguées de Monsieur Patrick Sébastien.

2
L'argent

L'homme remonte l'Allée des Platanes. Dans sa Mercedes 500 décapotée. Noir merle. Gaffe au fossé. L'allée est si étroite. Petit, elle était banquise. Il n'est pas allé encore au pôle Nord. Mais à New York, oui. Il lui arrive encore de l'écrire Nouillorque. Comme ça, pour le plaisir. L'homme coupe le moteur et s'arrête à un vieux. Il y a quarante ans, il était déjà vieux. Il y a comme ça partout des vieux de village qui ne vieillissent pas. À peine en cheveux, même pas en habit. La tête qui sort de la chemise à carreaux, modèle 1960 vieux, lui sourit.

– Eh ben, belle auto !

– Eh oui, père Raynaud, belle bête ! Ca tape le 260 !

– Eh ben !

– Ça va ?

– Eh oui, et toi ?

– Eh oui, bon j'y vais et à bientôt.

Pas besoin de dialogue, tout est dans l'instant. Dans la photo. Le père Raynaud habitait lui aussi sous l'équateur. Il était sabotier. C'est juste à côté de chez lui qu'en septembre, on rangeait les comportes. Pieds nus, on foulait le raisin. Imbuvable le vin d'après, qui faisait des bleus aux lèvres. J'ai des bleus aux rêves. Et une caisse de Pétrus dans le coffre de l'auto noir merle. Et le curé est mort depuis belle burette. Et moi, je rutile en boîte automatique à trente mille frondes le plein de super.

Et si le père Raynaud avait voyagé plus que moi sans jamais prendre aucun avion ? Et si le bonheur n'était pas intérieur cuir mais chaise branlante ? Et si ma ruée vers l'or m'avait fait partir à l'envers du Far West ?

L'homme continue dans l'Allée des Platanes, l'airbag insolent et le crissement sûr.

Après la visite à la vierge blanche, il va retraverser le village, ras les murs. A huit cents mètres, au pôle Sud, s'ouvre le portail de la grande maison à l'étang. Sa maison. Son étang. Et ses cannes à pêche pour pêcher son poisson. L'homme ne s'emmerde pas, non. Pas tout à fait. Il se destresse, se décitadine, se désaudimate. L'enfant au bord du ruisseau, au moindre chevesne, sautait de joie et tournait l'œil vainqueur vers la deux-chevaux camionnette croustillante attendant le Jésus adultère.

– Pépé, pépé, j'en ai un !

Jésus cajolait et les peupliers répondaient. Le bonheur était gratuit.

L'homme est riche, comblé. Marie Madeleine a un cul d'enfer. On ne lui tape plus sur la tête le 14 Juillet. Il regarde le poisson dans l'épuisette qui semble lui dire : « Merde alors, j'aurais jamais cru qu'il y avait un hameçon caché dans ce beau ver de terre. »

« Et si on interdisait la pêche ? » se dit l'homme. « Ça s'appellerait le communisme », répond une voix intérieure. « À toi d'être assez malin pour manger le ver sans te faire attraper ! »

En voilà un porte-souffrance, un souffle-douleur : l'argent. Du trop peu au trop plein, que de tortures subies, au point que les ectoplasmes de Montesquieu ou de Pascal doivent se maudire d'être emblématiques à profusion. L'argent volé, l'argent dû, l'argent taxé, l'argent exploité, l'argent qui ne fait pas le bonheur des pauvres, ni des riches d'ailleurs, mais qui y contribue comme dit la sagesse de bistrot.

Et tant et tant de gens qui perdent leur vie à la gagner. Et le sordide des dommages et intérêts pour la mort d'un proche. Remarque que, dans « dommages et intérêts », il y a « dommage » (pour la compassion) et « intérêt » (pour l'addition). Mot à double sens pour la circulation de l'argent liquide. Le trafic est fluide. File de gauche : pas assez. File de droite : trop. Et comme ni l'une ni l'autre ne mènent au bonheur, est-ce qu'il ne faudrait pas ramener l'argent à la valeur qu'il a, et non à celle qu'on lui suppose ?

Quand je suis arrivé à Paris, en 1974, j'avais 600 francs en poche. Aujourd'hui, j'ai beaucoup, beaucoup plus, mais je n'ai pas plus de poches.

J'ai mis mes rêves en banque. Franchement, je préférerais les avoir en tête. « Ben voyons ! dirait le smicard, c'est facile quand on en a. » Je te répondrais : « Pas vraiment plus que quand on n'en a pas ! » Et je suis bien placé pour le dire : jusqu'à aujourd'hui, j'ai passé plus de temps à ne pas en avoir que le contraire.

Je ne vais pas te dire que je regrette les 15 francs gagnés pour deux mois à décharger des caisses de bières et des sacs de charbon quand j'avais douze ans, ni les longues heures à gratter les plaques de la boulangerie-pâtisserie, ni même les journées harassantes de déménageur ou de peintre en bâtiment.

Ce que je regrette, c'est ma jeunesse, ma liberté de claquer la gueule à l'enfoiré de patron qui me faisait travailler sur un échafaudage sans protection.

Ce que je regrette, c'est la merveilleuse arrogance qui me faisait insulter les riches, cracher sur leurs bagnoles et sodomiser leurs filles. Je suis passé de l'autre côté de l'échafaudage. Par bonheur, je n'ai pas de fille. Manquerait plus qu'un petit con hargneux vienne lui déflorer l'anatomie arrière par dépit. Le coït social, ça s'appelle. Ça soulage, mais ça sert à rien.

Soyons clair, l'argent m'emmerde et m'a toujours emmerdé. Autant son manque que sa pleine disposition. J'ai appris à n'être jamais l'esclave de son absence ou de son omniprésence.

J'en ai connu tant, des camés du blé, des accrocs à l'oseille. Des qui avaient des rapports quasiment orgasmiques avec le moindre palpage de liasses. Ceux-là m'ont trahi, persécuté, abandonné pour de l'argent. Je ne leur en veux pas, je les plains sincèrement – en m'admirant (eh oui, ça m'arrive !) chaque jour de ne pas avoir en moi cette aliénation si destructrice.

Mais comment cohabiter avec le nouveau langage obsessionnel de notre société de consommation, où bien souvent amour se dit pension alimentaire ; défense de ses droits : honoraires ; procréation : allocations ; création artistique : parts de marché ; goût pour la Bretagne : taxe sur les artichauts ; réussite : impôts ; pauvreté : huissier ; jouissance suprême : le 8, 12, 13, 45, 48, 49, complémentaire le 24 ?

La plus belle illustration de la vanité que colporte l'argent est le visage soudain défait de l'assistant buraliste auvergnat, le samedi à 14 h 18, quand la roue du Millionnaire s'arrête sur 200 000 francs seulement.

– C'est déjà beau, qu'il dit le Risoli !

– Oui, oui ! ment l'assistant buraliste en cherchant des yeux son épouse ulcérée qui vient de voir s'envoler soudainement 80 pour cent de sa suprématie escomptée sur les copines de stretching.

L'homme est ainsi fait qu'il construit chaque jour une société lui offrant plus qu'il ne pourra jamais atteindre. Ça pourrait être du domaine du rêve. Ça frise le masochisme.

Et si, au lieu de t'entêter à pleurer sur ce que tu n'auras jamais, tu t'appliquais à rire avec ce que tu as ? Je sais qu'avec 5000 francs par mois pour 50 heures de travail par semaine, c'est dur de rire. Mais tu as le travail et les 5000 francs. Base 2 (non-apitoiement) : C'est mieux que le chômage. Base 3 (non-vengeance) : Aller foutre le feu à la villa de vacances de Raymond Barre ne peut que faire fructifier les ventes de journaux à grand spectacle dont les patrons ont justement les villas voisines. Et puis quoi (base 1 : humour), rappelle-toi l'histoire d'Onassis qui arrive au paradis et à qui saint Pierre dit :

– C'est vous Onassis, le milliardaire qui a connu les plus beaux palaces, les plus belles femmes, les plus beaux yachts ?

– Oui !

– Alors entrez... mais ça va pas vous plaire.

Je sais, là, c'est trop, et tu ne demandes pas trop, tu demandes seulement juste assez. Le problème est que, souvent, « juste assez » n'est jamais assez. Parce qu'on se crée perpétuellement des besoins. Mais d'accord : avec très peu, la pyramide est inconstructible à moins d'un moral en béton armé. Base 1 (humour) : Qui vole un œuf vole un huit. Base 2 (non-apitoiement) : Je vais être obligé de vendre mes gosses, j'ai de la chance, y en a qui ont des enfants tellement moches que même en leasing, y a aucune demande. Et pas de base 3 (non-vengeance), parce que si tu continues à faire de l'humour noir, on va te péter la gueule, Sébastien.

Ça j'aimerais pas !

Par contre, si tu as « juste assez », trime, bosse, rêve, manifeste, on ne sait jamais. Mais, dès que tu auras posé ta banderole, vire de ton ventre la vilaine aigreur qui ne fait du mal qu'à toi. À défaut d'approvisionner ton compte courant, fais des placements d'amitié partout autour de toi.

Et surtout, si tu as des enfants, verse leur chaque jour une somme d'amour sans intérêts. Je sais bien qu'il y a des Noëls sans cadeaux. Mais, ce soir-là, dis à tes enfants de fermer les yeux quelques secondes, et explique leur quand ils vont les rouvrir que c'est un merveilleux cadeau de ne pas être aveugle. Il faut que tu investisses un maximum dans tes enfants : c'est facile, c'est ta chair, et ça peut rapporter gros...

On dit que l'argent n'a pas d'odeur. C'est faux. Il les a toutes : l'odeur du sang, de la drogue, de la poudre, de la mort. Il a toutes les odeurs, mais pas de parfum. Le parfum des parfums, c'est le parfum de liberté. L'argent ne doit pas t'enchaîner. Il est là pour t'aider, pas pour t'asservir. Ne le laisse pas décider à ta place.

Regarde les humiliations que tu acceptes pour ce boulot de merde, parce qu'il te rapporte 2 000 francs de plus que le boulot que tu aimerais... Est-ce que ces 2 000 francs valent ces bouts de vie que tu gâches, dans le désaccord du plus profond de toi ?

Je parle ici à ceux qui ont « suffisamment », et qui ont peur de risquer d'avoir un peu moins, alors que ce « suffisamment-là » grève leur bien-être, leur couple, leur intime conviction du bonheur.

La clé est là : l'« intime conviction ». Réunis-toi à huis clos. Juge la complicité de l'argent dans l'assassinat de tes joies profondes. Et si tu es persuadé que « dollar m'a tuer », prononce ta sentence : condamne à perpétuité l'argent à être un moyen, pas une fin.

Monsieur,

Dans votre chapitre sur l'argent, vous affirmez que l'argent est un moyen pas une fin. Permettez-moi de vous exprimer mon profond désaccord. Moi, j'aime l'argent pour l'argent. Parce qu'un gros paquet de pognon, c'est beau. La liasse est l'avenir de l'homme. Le fric, le blé, la thune, que de mots qui sonnent bien et qui sonnent fort.

Je suis riche, Monsieur, très riche. Et cet argent, je l'ai gagné en semant la mort. Je vends des armes. Et j'en suis fier. Vous ne trouverez pas chez moi l'hypocrisie du commerçant en armements qui prétexte des fins idéalistes ou des combats libérateurs. Non, je suis honnête dans mon ignominie : je vends parce que ça rapporte. Et que plus c'est dégueulasse, plus ça rapporte. Alors, votre argumentation humaniste, je m'en tamponne l'AMX. Dans la vie, il y a ceux qui possèdent et ceux qui décèdent. J'ai choisi mon préfixe. Mon compte en banque, c'est mon Graal. Je fais partie de ces gens qui considèrent la pauvreté comme une maladie contagieuse. En vendant des armes, je m'immunise et j'élimine les sujets de contamination. C'est moi qui ai la clé du champ de tir. Mort aux pauvres, et tant mieux si j'y participe ! Je n'aime que la disproportion. Si mon empire financier est démesuré, mon cynisme et ma lâcheté le sont aussi. C'est pourquoi cette lettre sera anonyme.

Je la signe d'une croix. D'autres croix entourent ma signature : ce sont mes associés, qui pensent comme moi. Cela fera donc en guise de paraphe une page de croix que, cynisme et saloperie obligent, vous pouvez considérer comme une petite représentation de notre chiffre d'affaires.

++++++++++++++++++++++++++++++
++++++++++++++**+**++++++++++++++
++++++++++++++++++++++++++++++

3
Le mal de vivre

L'Allée des Platanes est nuit. Les phares de la Mercedes éclairent bas le hérisson qui traverse sous la voiture, en long, sans bouger une épine. L'homme coupe le moteur et la radio. Juin 1990. Été en arbres. Hiver en tête. L'homme a froid à l'âme. Il grelotte d'exister. Il sort au fossé, s'assoit dedans, et s'emboue exprès. Il est là, las. S'il savait au moins de quoi il est fatigué. Sa vie lui va comme un gant. C'est-à-dire que quand il touche, il y a une seconde peau entre lui et la réalité.

Bilan : sa saison télévisée a été remarquable et il vient de faire un disque stupide qui marche. Qui gambade même. Une connerie à deux sous qui va lui en rapporter beaucoup. Il s'en fout, il l'a pas fait pour les sous mais pour la connerie.

Il va bientôt partir en tournée : « L'imitation 90 », ça s'appelle. Il sait qu'il va rire. Ses potes seront tous avec lui. Ses frères musiciens. Ses danseuses. Son ami Olivier à la pression et son fils Sébastien à la lumière. On attend plus de dix mille personnes tous les soirs.

Côté santé, ça baigne. La mine est bonne, le cheveu long.

Sa femme lui a dit qu'elle l'aimait encore deux fois dans la semaine.

La mère est sans vagues. Et ça clapote tendre et serein comme la piscine de Martel où on bronze et où on rit.

Pourtant là, Allée des Platanes, le cul nostalgique dans la terre à moucher des matins frais, il déprime. Il ne sait plus si on l'aime pour lui ou pour ce qu'il est. Il ne sait plus qui il hait. Qui il aime. Il a le blues. Et ce mot dans sa tête le ramène écolier. Grise la blouse. Et les tartines, et les baisers volés, et les prunes dans les arbres, et les bises de grand-mère. Bien sûr, grand-mère et grand-père dorment plus haut dans la même terre, à peine à deux cents mètres. C'est la vie. La logique des vieux qui partent.

Là-haut, au bout de l'Allée des Platanes, dans la première tombe en rentrant à droite, grand-mère est peut-être assise sur le bord du marbre écoutant grand-père énumérer les prénoms féminins de tout le cimetière. L'homme sourit. Il regarde la masse sombre du cimetière. Tout à l'heure, il fera la visite. Il aime leur faire les visites la nuit. Parce que les morts sont encore plus égaux. L'obscurité gomme les différences sociales qui font alterner sépulture digne et monceau de terre pour fleurs fanées. Tiens, un jour, il faudra mettre un truc sur la tombe de famille. Un truc à part. Une vierge blanche peut-être. Quand il y aura un nouveau mort. La logique voudrait que ce soit sa mère. Ou lui.

Un éclair ! L'orage est encore loin mais ça sent la foudre. Insensiblement, comme ça. Dans la moiteur. C'est peut-être ça qui le déprime. La prémonition de l'orage. Eh bien qu'il éclate ! Ça ira mieux après !

Tiens, un chat. Noir. Noir merle…

Il est des moments où, sans que rien n'aille très bien ou très mal, s'empare de nous une angoisse diffuse, sans motif, qu'on appelle « mal de vivre » et qui se transforme souvent en envie de mourir. Blues, cafard, déprime avec tous ces remèdes éphémères que sont la drogue, les calmants ou l'alcool.

J'ai vécu le plus fort de cette déprime en juin 1990. Je ne savais plus si on m'aimait pour moi, je ne trouvais plus le sens de ma vie, je me sentais inutile, sale et laid, sans aucune raison précise. Mes errances étaient nostalgiques, embuées et embouées. Un mois plus tard, mon fils disparaissait dans un accident de moto. Depuis, je n'ai plus jamais eu ce mal de vivre-là. La trop grande souffrance a relativisé pour toujours cette morosité neigeuse dans laquelle, je pense, on s'enferme d'abord presque à plaisir jusqu'à ce que ça devienne un cauchemar.

C'est comme si on se laissait glisser sur une pente où rien ni personne ne nous pousse. Faut-il attendre le malheur suprême pour s'apercevoir que cette glissade est inutile et dangereuse ? Heureusement non.

Ce livre est fait justement pour vous donner le garde-fou, la rambarde.

Cette descente, douce au début, doit être combattue le plus vite possible avant qu'elle ne devienne une chute vertigineuse.

Au premier symptôme de mal de vivre sans raison apparente, pyramide-toi quotidiennement. Au lieu de foncer à la pharmacie, fais-toi une ordonnance d'humour : livres, spectacles, copains, rigolades (base 1 : humour). Les motifs du non-apitoiement (base 2) sont évidents : puisque rien ne va mal, tout pourrait donc être pire. Et évite (base 3 : non-vengeance) d'entraîner dans ton blues passager ceux qui essaient de te consoler. Car il y a souvent, chez le blueseux, une propension à démontrer à celui qui l'écoute qu'il n'est pas normal que le mal dont il souffre ne l'ait pas encore atteint. Genre :

– J'ai envie de rien.

– Ben, si on allait au cinéma ?

– Tu dis ça, mais je suis sûr que tu n'as pas envie non plus.

– Mais si !

– Mais non ! Tu te forces pour me faire plaisir. Je vois bien que t'as pas envie...

C'est redoutable. Si on te tend la main dans ces moments-là, prends cette main sans te poser de questions. Et puis, surtout, fais des choses qui te rapprochent de toi-même.

Le blues vient souvent de ce qu'on s'éloigne de sa propre nature, qu'on se renie. En fait, on veut se quitter. Le problème est qu'on n'a encore vu personne habiter dans la peau d'un autre. C'est alors que surgit l'idée de se quitter définitivement. Le suicide est l'aboutissement d'un état où une partie de soi-même ne supporte plus l'autre. À la première idée de suicide, il faut tout tenter pour se réconcilier avec soi-même. Hurler, pleurer, casser, si sa nature le commande. Actif, toujours actif : ne pas se laisser glisser, et savoir que la bivalence qui est en toi, toi seul peut la résoudre. À l'instant où tu te dédoubles, sache que c'est le calque qui va prendre des tranquillisants, de la drogue ou de l'alcool. Pas l'original.

Si tu arrives à prendre suffisamment conscience de ce dédoublement, tu pourras lutter efficacement contre l'intrus. Celui qui commande les verres, celui qui roule l'herbe ou qui ouvre la boîte de Témesta, fais-lui la guerre : il est en train de te détruire.

Je l'ai connue, cette guerre. Moi, c'était l'alcool. Un litre et demi de whisky par jour. Aujourd'hui, je sais que celui qui buvait, ce n'était pas moi. Parce que celui qui buvait éructait, frappait, prétendait dire des vérités. L'inconvénient de ces excès-là était de me faire croire qu'ils me rendaient meilleur. C'est faux, on n'est jamais meilleur dans ces cas-là, mais quand on est pire, on ne s'en aperçoit pas. Je ne parle pas ici de la douce ivresse, du petit décalage, mais de l'excès, quand le calque, au lieu de te dédoubler légèrement, devient une gémellité malsaine.

Bien sûr que c'est difficile de résister à l'oubli provisoire en gélules, vapeur ou fumée. Mais je te répète que c'est un autre qui plane, pas toi !

Après la mort de mon fils, je me suis appliqué à ne rien prendre : je n'écrirais pas ces lignes si je m'étais dédoublé totalement. Il a fallu que le sort m'empale pour que je m'aperçoive que la force était en moi. J'écris ce livre pour que tu t'aperçoives maintenant que rien d'artificiel n'est nécessaire à ta survie. Il y a en nous une chose qui ne s'achète, qui ne se trafique pas : c'est l'amour. Il ne peut pas y avoir d'overdose et je t'en certifie l'efficacité. Je te fais l'ordonnance tout de suite, si tu veux : matin, midi et soir, pense à pardonner, à donner, à chérir, à caresser, à aider. Il n'y a aucune contre-indication.

Et puis, toi qui as le mal de vivre, entends l'histoire de ce petit garçon, bâtard, battu par ses copains d'école, mal aimé et écorché, qui expulse son envie d'exister en s'enfonçant un béret sur la tête pour enfin être quelque chose – quelque chose de risible, mais quelque chose.

Et puis janvier 90 : son oncle, son confident, celui qui lui a appris que, dans la vie, il valait mieux passer pour un con que pour un salaud, cet oncle lui fausse compagnie. Saloperie de cancer.

Et puis juillet 90, dix minutes avant d'enterrer son fils, ce tête-à-tête terrible avec celui qu'il sait être son père : il l'arrête dans la rue, lui demande de monter avec lui dans sa voiture, et lui demande, parce que la circonstance l'impose, de le laisser l'appeler papa. L'autre lui dira non. Il fuira encore. Pour toujours, sûrement.

Et puis mai 93, encore un putain de camion. Son ami Jeannot blessé grave et, dans le même accident, mort léger, son frère et demi, son indispensable depuis vingt ans, celui avec qui il voulait vieillir pour s'asseoir sur le banc de leurs quatre-vingts ans, histoire de se raconter chaque jour les mille conneries de chaque jour passé. Olivier qui disait : « Je m'en fous de mourir, j'ai bu plus que vingt cheminots à la retraite. » Connard, va ! Ça t'aurait fait chier d'attendre un peu ? Je suis sûr que tu as toujours voulu te faire un routier (base 1 : humour). Finalement, c'est peut-être mieux : Clayderman vient de faire un nouveau disque et t'as jamais aimé le piano (base 2 : non-apitoiement). Et puis (base 3 : non-vengeance) je ne vais pas me venger en t'apportant des fleurs, on n'a jamais baisé !

Voilà. Toi qui as le mal de vivre, fais le compte et dis-moi comment je pourrais tenir si je n'appliquais pas cette méthode.

La mort de mon enfant, je viens de l'effleurer dans ce chapitre. Allez, je vais te dire. T'expliquer. Pas te dire juste pour dire : j'ai pas envie de surexposer. Te dire pour t'aider.

Parce que cette souffrance-là que j'ai en moi depuis bientôt quatre ans, il faut que tu saches bien ce qu'elle est, et pourquoi elle a fait de moi ce que je suis aujourd'hui.

Monsieur,

Nous sommes un groupe de médecins et de pharmaciens anonymes ulcérés par vos propos. Comment vous permettez-vous de déconseiller en bloc les tranquillisants, l'alcool et la drogue ? Est-ce que vous mesurez le nombre de consultations, ordonnances et hospitalisations répétées qu'ils entraînent ?

Rendez-vous compte que, si l'on vous écoutait, les laboratoires se verraient obligés de mettre la clé sous la porte, les cliniques spécialisées ne seraient plus rentables !

Monsieur, vous êtes socialement et économiquement nuisible. En encourageant le peuple à être le plus sain possible, vous poussez dans le précipice du non-emploi une cohorte d'étudiants en médecine.

Et pourquoi pas, pendant que vous y êtes, contribuer à la découverte du remède universel ? Mais, Monsieur, ce serait le moteur à eau. Des milliers de stations-service en péril !

Sachez, Monsieur, que la souffrance physique est notre gagne-pain et que nous nous battrons contre quiconque portera atteinte à notre chiffre d'affaires. Si la douleur existe, c'est que Dieu l'a voulue. Elle n'a d'ailleurs pas que des mauvais côtés. Elle est génératrice aussi d'immenses joies que vous semblez ignorer : le bonheur de ces magnifiques après-midi sur les golfs où s'ébattent tant de représentants du corps médical, qu'en faites-vous ? Et ces patrons de grands laboratoires, qui réinvestissent dans l'entretien quotidien du jardin de leur château du XVIe siècle, y pensez-vous ? Si vous tuez le témesxomilanxia, vous exterminez la rose et l'orchidée !

Honte à vous ! Et même si nous savons que vous faites quand même quelques efforts en fumant deux paquets de cigarettes par jour, tâchez à l'avenir de ne point vous aviser de bousculer l'ordre des choses.

N'oubliez pas que le cancer fait vivre fort bien beaucoup de ceux qui ne l'ont pas. Et l'arrivée du Sida, en ces temps où on n'est même plus capables de faire une bonne guerre mondiale, c'est une bouffée d'oxygène pour les grands groupes pharmaceutiques qui crèvent chaque jour un peu plus des découvertes médicales. La guérison, oui ! Mais partielle, surtout partielle. C'est dans la rechute que se trouve l'avenir du caducée.

En vous priant de bien vouloir faire désormais preuve de moins d'inconséquence, nous vous assurons, Monsieur, de nos sentiments extrêmement attentifs.

4

La mort de l'autre

L'homme remonte l'Allée des Platanes. Il suit le cercueil de son fils. Il fait très beau. Les merles sifflent.

C'est un poignard. Une vague d'acide. Un brasier ou du froid très froid. Et c'est en moi pour toujours. Même le plus écrivain des écrivains ne peut l'écrire. Alors à quoi bon !

C'est un téléphone. Six heures du matin. C'est l'été. C'est mon petit. C'est la mort. La sienne. La mienne aussi. Car, depuis, j'écris d'outre-vie. La mienne, de mort, la vraie, la fin de mon corps, oui bien sûr, un jour. Tiens, est-ce que le mec qui l'annoncera à la télé fait déjà de la télé ? Et pour l'hommage, qui vois-tu ? Drucker, Foucault ?

C'est bizarre, j'ai la plume qui se bloque. Pas assez d'encre pour tout ce sang. Allez debout l'homme, il faut leur dire quand même.

Je te jure sur lui que je suis en train de faire un effort terrible pour écrire. Actif, j'ai dit, actif. Il ne faut pas se laisser envahir. En parler mais en tenant le fantôme à distance. La clé de la survie est là. Le savoir tout près, mais ne pas me laisser approcher. Inventer une distance fictive en deçà de laquelle il ne doit pas m'approcher. Base 1 (humour), vite : Il a imité Coluche mieux que moi. Et moi, je vais continuer à imiter Coluche, les autres, n'importe qui. Je vais me donner en spectacle, c'est ça ma seule chance.

C'est la première fois depuis l'accident que je m'écris. C'est dur. Je ne veux pas raturer. Je ne veux pas m'arrêter. Je sais que si je m'arrête là, ce bouquin ne sortira jamais. Je ne pourrai pas le reprendre. Je te jure ou je vous jure, je ne sais plus comment j'écris depuis le début. Mon écriture est automatique. C'est la vague d'acide. Allez, debout! encore. Tu y as cru tout à l'heure mais ça bloque encore. Moi qui écris vite d'habitude, tu n'imagines pas les minutes entre chaque phrase. Allez. Vouvoie-les. Ça va revenir.

Je vais essayer de me relever. Prendre de l'élan.

Une photo de Frédéric Dard me sourit, je crois que je vais y arriver... Pas encore... Putain de merde... Mais ça sert à quoi alors tout ce que tu as écrit avant, connard! Reprends ta pyramide. Base 2 (non-apitoiement). Ne jamais s'apitoyer. Facile à dire. Pourtant, tu sais que la solution est là. Putain de malaise... Réessaie l'humour. Rappelle-toi Olivier, il faisait des annonces, ce soir-là où tu devais chanter : « Les parents qui ont perdu des enfants sont priés de venir les récupérer derrière le podium. » Tu es allé le voir et tu lui as dit : « Je peux y aller aussi ? » Et vous avez souri. Et Olivier est mort aussi, il y a un an. Et tu es là en train de l'écrire... Et il y a un orage dans ta tête, dans ton cœur, et tu écris automatique : il faut que tu en sortes... Non, ne pas lâcher pour reprendre demain. Tout de suite...

Ça y est j'ai raturé. J'avais commencé à écrire : « Il faut rester vivant. » Je ne sais pas pourquoi j'ai raturé, mais c'est vrai qu'il faut rester vivant. Pour les autres. Leur malheur est déjà assez grand sans y rajouter le poids du tien. Et ne pas aller plastiquer tous les magasins qui vendent de trop grosses motos à des gosses (base 3 : non-vengeance).

Ça revient... Je le sens. Et puis merde (base 2 : non-apitoiement), en ce moment des centaines et des centaines de gosses meurent de faim, d'injustice, de froid. Le mien est mort de plaisir. De jeunesse. Allez, écoute-moi. Si j'ai chanté quand même le soir de la mort de mon fils, c'est parce qu'il y avait de l'amour à donner. Et j'en ai reçu. Et ça m'a sauvé. Malgré les vagues d'acide (je sens qu'elles s'éloignent), ne t'enferme pas après un deuil. N'accepte pas qu'on te juge. Aime, donne, donne, et donne encore. Accorde-toi la sensation d'être utile, grand, généreux.

Après la mort de mon fils, les chiens se sont mis à hurler. Les journalistes qui s'étaient emparés de mon malheur sont même venus me reprocher de m'être laissé mordre.

Récemment, dans une interview, on m'a demandé comment je réagissais à ceux qui me reprochaient d'avoir médiatisé ma douleur. « Médiatiser » ! Les ordures ! Voilà l'ignominie dans toute sa splendeur. Comment peut-on poser de pareilles questions ? Allez, pour ne pas en vomir, vite la pyramide. Base 1 (humour) : Désolé, j'aurais pu faire mieux mais j'ai jamais pu trouver la Vologne. Base 2 (non-apitoiement) : Ce n'est qu'un crachat de plus sur mes joues, ça va cacher mes larmes. J'ai de la force. Je ne plierai pas. D'autres, moins forts, sont morts vraiment du venin de la presse. Je pense à eux.

Un patron de presse qui, à l'époque, voulait se venger d'un sketch moqueur est allé jusqu'à laisser supposer dans ses colonnes que l'accident n'en était pas un. Alors là, terrible, le coup ! J'ai eu envie de le massacrer, il a failli me mener au suicide. Mais effort, Patrick, effort... Base 3 (non-vengeance) : « Monsieur le rédacteur en chef, je ne citerai pas votre nom, vos enfants pourraient souffrir innocemment de votre maladresse. Oui, vous avez bien lu, j'ai dit : "maladresse". C'est le moindre mot pour un mal extrême. Fasse que votre vie croise un jour la mienne pour que vous puissiez lire dans mes yeux la réelle compassion que j'ai pour vous. Si vous souffrez un jour, appelez-moi. Je vous aiderai en proportion du mal que vous m'avez fait. Je vous le jure sur la mémoire de cet enfant à qui j'avais appris le respect de l'autre, et qui serait aujourd'hui si fier de voir que son père ne lui a pas menti. »

Ils sont tant à enseigner à leur descendance de nobles sentiments qu'ils n'appliquent jamais. Sébastien, tu n'aurais pas dû mourir, tu n'es pas mort pour rien.

Cette force d'amour qui m'anime et que je veux donner aux faibles, je te la dois en grande partie. Dors bien, petit, papa travaille. Il travaille au bonheur de l'autre. Peut-être à un seul qui me lit, mais ça suffira.

On ne guérit pas de la douleur extrême. On la baise. Salope, va ! Tout à l'heure quand j'ai commencé ce chapitre, tu m'as assailli, vieille pute. Je t'ai encore baisée. Je te baiserai jusqu'à mon dernier souffle.

Je suis à nouveau clair, fort. Casse-toi pétasse, j'ai joui. T'entends ça, môme, on a été encore plus forts qu'elle. Je t'entends rire bonhomme. Tu peux, je sais qu'on y arrivera.

Maintenant, toi qui me lis, si tu n'as pas encore compris, relis ce chapitre, relis-le bien. Et si tu as le moindre doute sur l'authenticité de chaque mot que je viens de prononcer, torche-toi avec ces pages ! Le papier est doux (base 3 : non-vengeance). Par contre, si tu es en phase avec mon ex-douleur, avec ma vulgarité naturelle, avec l'immense désespoir avec lequel je vis, que la seule alchimie de ma volonté transforme en message d'espoir, reste ! On va être bien, très bien...

C'était le passage le plus dangereux pour moi. Maintenant, je sais que j'irai au bout. Ce chapitre était un test important pour ma méthode à bonheur. Je sais désormais qu'elle est totalement fiable. Au début de ce livre, je la savais efficace parfois. Je la sais efficace toujours, maintenant. La souffrance a fait plier ma plume mais ne l'a pas cassée.

Salut les roseaux ! Croyez-moi et ne rompez jamais.

Allez, on est jeudi 3 heures du matin. J'arrête. Je reprends demain. C'était violent, vraiment violent...

Dans mon prochain chapitre, je te parlerai des chagrins d'amour. Ça risque d'être plus drôle. Tu sais, le filigrane futile. Je crois que, dans ce chapitre-là, le clown est sorti de la piste. On va le faire revenir. Ça prouve justement que cette méthode en est une. Ce n'est pas un remède à prendre continûment. Il ne faut s'en servir que quand on en a besoin. On peut vivre sans. On vit mieux avec !

Papa,

J'aime bien quand tu viens me voir Allée des Platanes. La vierge blanche est très belle. Quand tu t'assois sous le cyprès, avec ta cigarette, je me dis : « Quel con. » C'est vrai, toi qui n'arrêtes pas de dire que tu ne crois pas à l'après, tu es là à guetter le moindre souffle dans les feuilles comme un message de moi.

Arrête, tu sais bien que cette lettre n'existe pas.

Je vais la continuer quand même. Pour te dire que je t'aime car je sais qu'en ce moment, tu en as besoin. Sinon, qu'est ce que tu foutrais dans ton bureau à deux heures du matin à t'écrire si violemment ?

Tu me manques autant que je te manque. Moi aussi, j'ai envie de te serrer fort et d'avoir ton baiser dans mon cou. Pleure pas. Tu les as laissés hier à trois heures du matin en ayant baisé la souffrance, tu ne vas pas te laisser embarquer une deuxième fois.

Bon, ça va. Je peux continuer !

On s'est pas beaucoup parlé tous les deux, mais depuis, on s'en est dit tellement. Tu sais, j'ai quand même gardé de la vie un goût sucré : la perfection de maman, les étés musique avec toi. Il n'y a que le parfum de ma petite Marie pomme d'amour qu'il me manque d'avoir senti. Un jour, elle lira tout ça, peut-être assise sur le banc sous les cyprès, en haut de l'Allée des Platanes. Son père aura le visage des photos. Si je t'écris cette lettre, c'est pour qu'il ait aussi une âme.

Je veux qu'elle sache à travers toi que j'ai tout le temps ma main dans la sienne, et que ces mots-là, c'est de l'amour pour toute sa vie. J'ai aussi ma main dans celle de sa maman et de ses arrière-grands-parents.

Continue l'amour papa, dans tes actes, dans tes mots, sans douter, sans faillir. Un jour peut-être, on arrivera à leur faire comprendre. Tout peut arriver. La preuve, je n'ai pas fait de fautes d'orthographe.

Embrasse ma fille, embrasse sa mère. Et embrasse maman. Surtout maman. C'est de l'amour en femme. Y a vraiment qu'avec elle que je méritais d'être fait. Que les autres ne se vexent pas, mais celle-là était si rare.

C'était un 5 décembre 1980 que j'ai ouvert les yeux sur elle. Excuse-moi de l'avoir tant fait pleurer. Excusez-moi tous d'être allé trop vite. Et riez quand même. La vie le mérite. Moi qui l'ai si peu connue, je sais qu'elle valait le coup d'être vécue. Encore une fois, je vous aime. Et je suis là, même si tu refuses l'immortel.

D'accord, le chat noir qui te fixait à la fenêtre de l'hôtel quand tu as appris ma mort, ce n'était pas moi. Mais je suis là quand même. Allée des Platanes. À droite en rentrant. Je t'attends. Le plus tard possible, mais je t'attends.

5

Le chagrin d'amour

– Tu seras derrière moi, quand je remonterai l'Allée des Platanes pour la dernière fois, à l'horizontale ?

– Non, mon amour, parce que je ne pourrai pas te survivre, je serai du même voyage que toi !

Les menteuses. Qui m'ont toutes dit ça. Et qui ne se souviendront même pas qu'il y avait une Allée des Platanes, ou moi !

La nuit est chaude. Elle est collée au platane. Moi dedans. Ses jambes me font ceinture d'amour. Elle s'accroche à ma nuque, elle murmure des éternités. Se projette indissociable de moi jusqu'au fond des temps. Elle ne sait même pas qu'elle ment outrageusement. À l'heure où j'écris, ment-elle à un autre ? Qui l'emplatane ? À qui rugit-elle sa fidélité, la lionne ? J'y croyais. Et chaque fois, j'y crois.

Là, épinglée papillon, qui pouvait me la prendre ?

Elle me susurrait des avenirs remplis de Pampers. Et puis j'ai tellement voleté qu'elle s'est désépinglée. Et je me suis retrouvé comme un gros cocon. Je le revois bien, le gros cocon ; vidant sa pharmacie, avalant le tout d'un trait de whisky et se retrouvant sous l'entonnoir de l'hôpital Laënnec. Cinq litres d'eau pour laver l'estomac et l'amour. Tentative d'insecticide : tuer le cafard amoureux d'une étoile !

Bon, elle est partie. Elle a fait Pampers à un autre. Et moi j'ai rejoué l'épingle à papillon. Et je compte les platanes de l'allée où une flèche traverse un cœur gravé. Trois, quatre, cinq chagrins d'amour. Et chaque fois le même horrible manque. Les yeux fermés pour mieux voir l'absente. L'immense lit du réveil seul.

Au croisement de l'Allée des Platanes, le premier dimanche d'août, passaient les chars. Carnaval d'été.

Nous les petits, on bossait pendant un mois le crépon et les linteaux pour fabriquer bateaux de corsaires, grotte de Cro-Magnon ou village africain. Et peints, emplumés, on défilait tous. On traversait notre heure de gloire annuelle sur le goudron chaud. Et sous les déguisements, personne ne savait qui était le riche, le pauvre, le beau ou le repoussant.

Carnaval du cœur : l'amour chagrin uniformise l'homme. Le serf pleure les mêmes larmes que le seigneur. Le petit bâtard de l'Allée des Platanes se consolait avec ça. Le « Reviens » pleuré dans le téléphone du Negresco ou hurlé dans une cour de ferme est le même.

L'homme pleure au pied du platane gravé. À égalité de larmes avec tous les largués du jour !

Je ne dis pas que l'avenir est au bal musette et au solo de flûte, mais je dois reconnaître que la musique de discothèque tient plus du marteau-piqueur que de la symphonie. Y a du Pearl Harbor dans les dièses et du Paris-Toulouse dans les bémols. L'attaque aérienne et le déraillement sont les nouvelles bases de la mélodie populaire.

Si on cause « Bruit », je dis parfait. Mais si on intitule « Musique », je doute.

Ajoutez à ça que, vu les décibels, toute conversation est inutile. Ça nous fait des flirts de mimes et des idylles d'automates. Et on s'étonne que la jeunesse ait du mal à communiquer ! C'est plus du rock, c'est du pilonnage ! On a eu Verdun, ils ont technotronic. Nos tranchées, c'est leurs banquettes ; nos obus, leurs amplis. Et moi, l'ancien combattant de 70 (1970), je dis : chacun sa guerre. Même si celle-là est bien plus bénéfique à la jeunesse, je me demande bien quel effet cela aura dans un square, une oreille en granit en guise de monument aux sourds ! (Ceci était une parenthèse musicale personnelle.)

Il est deux heures du matin et je suis dans une boîte de nuit. Une boîte d'ennui. À Paris. Il est jeune, costaud et très malheureux. Je le sais chagrineux d'amour. Je m'approche pour essayer de le consoler.

– Chiale pas !

– Mais je ne peux pas m'en passer...

– Mais si...

– Non !

– Mais si, tu peux, la preuve : avant de la connaître, tu pouvais t'en passer.

Et là, il a levé ses yeux tout tristes et, avec une voix posée à peine audible, son cœur a hurlé : « Avant... je l'attendais ! »

Le problème de l'amoureux déçu est qu'il se nourrit à longueur de journée – et surtout de nuit – du caractère unique de celle ou de celui qui est parti... Ou resté. Car il existe deux chagrins d'amour : le brutal, celui de l'abandon, de la rupture, de la tromperie. Et l'autre, sournois, larvé, celui de la vie à deux avec celui ou celle qu'on n'aime pas ou plus.

Ce dernier est peut-être moins spectaculaire, mais tellement plus désespérant. C'est le chagrin de « pas d'amour » : on dort l'un contre l'autre – c'est-à-dire loin. Parfois dans des lits séparés. On prend les enfants pour du ciment. C'est juste du papier peint sur des murs lézardés qui suintent la suspicion, l'ennui, la mort lente.

Vous les connaissez, ces couples du dimanche de Pâques, assis sans un mot au restaurant obligatoire. Il y a la belle-mère, l'enfant triste, et les deux chiens de faïence.

Elle, à peine dix ans de plus que son âge, le regard vissé sur les amoureux de la table 4, définitif, à la limite du sort jeté : « Embrassez-vous, mes petits, ça ne durera pas. » Elle voulait réussir sa vie, elle ne réussit que sa blanquette... Elle a lu dans *Voici* que Lady Di non plus n'était pas heureuse en ménage. Ça l'a rassurée.

Mais nom de Dieu, pourquoi ne part-elle pas ? La gare est-elle trop loin ? Les trains trop pleins ? Elle croit sûrement que l'aventure, c'est trop pour un. Et ça fait des années qu'elle est deux. Deux à contrecœur, à contre-ventre. Mais deux quand même. Elle porte son alliance au cou. Esclave, sa chaîne est stéréo : petit confort, petits pas, petits rêves. C'est Lilli pute.

Elle a vendu son corps pour une friteuse et un abonnement à *Télé 7 jeux*. Oh, bien sûr, elle ne se dit pas malheureuse. La preuve, elle ne pleure qu'aux oignons, vers 12 h 30, le bouillon Kub dans le nez et le « Juste prix » dans les oreilles.

Si tu en es là, madame, fuis, prends ta valise et va-t'en à la gare. Ou si elle te semble trop lourde, saute dans ta valise et fais-la porter par quelqu'un !

Au lieu d'aller voir dans le wagon de queue s'il y a de nouvelles têtes, fais le contraire (base 1 : humour). Pendant la guerre, il y avait les trains de la mort : même si celui-là te paraît risqué, c'est le train de la vie (base 2 : non-apitoiement). Et ne pars pas en chantant : « Il est cocu le chef de gare » (base 3 : non-vengeance). Parce que c'est un service mutuel que vous vous rendez. Quand tu liras le portrait que je vais faire de lui, tu comprendras. Et ne t'inquiète pas pour l'enfant. Tu ne l'abandonnes pas, tu lui donnes une mère. Jusque-là, il n'avait eu qu'une nurse.

À lui maintenant ! Le dimanche de Pâques aussi, faïence aussi. Chien à peine. Ne remue même pas la queue quand il est content. Peut-être une maîtresse, ou deux. Parce qu'il faut prolonger la masturbation de l'adolescence en conquêtes de bazar. En fait, se donner une raison de rester dans son salon-télé-tapis-remboursable-en-dix-ans-buffet-campagnard-gratuit.

La maîtresse a des fantasmes, l'épouse la migraine. « Excuse-moi, je dois rentrer soigner ma femme... » Chez la maîtresse il prend, chez l'épouse il donne. Et il satisfait sa fausse bonne conscience. Il est lâche. Et il le sait.

Et cathodiquement gavé du courage de tous les John Wayne, Stallone et abbé Pierre de toutes chaînes, il en souffre ! Pas violemment, non, mais comme elle, sournoisement.

C'est une souffrance lancinante à laquelle un bon résultat de l'équipe de France de foot sert d'emplâtre. C'est un chagrin de « pas d'amour ».

Mais nom de Dieu, pourquoi ne part-il pas ? La gare est-elle trop loin ? Les trains trop pleins ? Et lui pas assez ? Parce qu'une ou deux fois, bourré, il a failli... Il a même avoué sa maîtresse à sa femme, avant d'aller vomir. Il était trois heures du matin. Il rentrait du repas des chasseurs. Il a pris de l'Alka-Seltzer. Et puis, le lendemain, il a juré sur la tête de son gosse qu'il avait dit ça pour l'énerver. Et elle a fait semblant de le croire. Et le gosse s'est demandé toute la journée pourquoi il avait mal au crâne.

Si tu es dans cet état-là, monsieur, va-t'en, fuis. Sans valise. Prends le train. Au wagon-restaurant, commande une langue de bœuf : il paraît que c'est bon une langue dans le train (base 1 : humour). Tu fuis ta famille en train Corail ? C'est mieux que de fuir la famine en boat people (base 2 : non-apitoiement). Et (base 3 : non-vengeance) ne dis pas à ton voisin de compartiment : « Si vous aimez la blanquette, voilà une adresse » ; il n'y est pour rien, lui !

Ma méthode pour le chagrin de « pas d'amour » est la fuite. Parce que vivre à deux de « pas d'amour » entraîne à trop de noires conséquences hors du foyer. C'est peut-être un demi-mort de « pas d'amour » qui va refuser le cadeau de l'immigré ou frapper son père.

C'est peut-être une des rares fois où je te conseillerai de ne pas te contenter de ce que tu as. Qui sait, en prenant chacun votre train, vous allez peut-être vous retrouver dans le même.

Vous me direz que je fais peu de cas de l'enfant : mais je vous assure que, pour un enfant, il est mieux d'avoir un père qui écrit plutôt qu'un père qui crie. La distance n'est pas toujours l'éloignement.

Et puis le nouveau compagnon de l'un et la nouvelle compagne de l'autre peuvent apporter une double dose d'amour. Et, va savoir, il vaut la peine d'être vécu aussi le moment où, après que beaucoup d'eau soit passée sous les ponts des soupirs, l'enfant grandi reçoit de ses parents la même carte postale de Venise, signée « Papa-Maman ». Ensemble. En ce qui concerne Saint-Marc, le mieux pour les amoureux, c'est la place, pas la lessive.

Ça, c'était le chagrin de « pas d'amour ». Voyons à présent le chagrin d'amour, le vrai, celui du type qui « l' »attendait, dans la boîte d'ennui du début de chapitre. Ou le mien, ce jour où je me suis tranché les veines. Ou encore le mien, ce jour où je me suis pendu (branche trop fragile). Ou toujours le mien, ce jour où on m'a lavé l'estomac de tout le contenu de ma pharmacie (mais ça, j'en ai déjà parlé). Rassure-toi, dans ces trois cas-là, c'était le même chagrin d'amour. Parce que je pense qu'on a un seul vrai chagrin d'amour, le deuxième enlevant toute raison d'exister au premier.

Mais, quel que soit le nombre de tes chagrins d'amour, dis-toi que c'est le même et que, s'il prend des visages différents, il est unique, il t'appartient et que tu es le seul à pouvoir le maîtriser.

En fait, comme j'écris ça en me fondant sur ma propre expérience, je vais t'en parler au féminin, à toi de l'adapter selon ton hétéro- ou ton homosexualité.

Qu'elle se conduise avec cynisme, compassion, méchanceté ou douceur, enfonce-toi d'ores et déjà dans la tête et dans le cœur que la souffrance du chagrin d'amour est à régler entre toi et toi, et seulement toi. Fais comme si tu venais d'avoir un accident de voiture. Elle, c'est la voiture, mais l'important, maintenant, c'est pas la voiture, c'est toi ! Tu n'es pas mort dans l'accident. Tu es plus ou moins blessé suivant la vitesse à laquelle tu roulais, la ceinture oubliée, les conditions météo, le gros con au camion qui t'a emplâtré ta belle auto.

Règle première : ta voiture t'a trahi, tu es allé au fossé, donc, ne jamais remonter dedans. La direction a de grandes chances d'être faussée. Et même si on te la répare, tu conduiras toujours avec le doute. Transpose donc avec mes bases. Base 1 (humour) : Notre amour s'est scratché : « Le nouveau pilote va enfin savoir de quoi je me contentais », dixit Guitry. Base 2 (non-apitoiement) : Paraplégique du cœur, c'est mieux que paraplégique en vrai (et en plus, ce n'est que provisoire. Si, si, tu verras). Base 3 (non-vengeance) : J'espère que son prochain chauffeur ne quittera jamais la route.

Difficile à appliquer, j'en conviens, mais essentiel pour ta propre survie : il faut souhaiter à celle qui te quitte le plus grand des bonheurs. Je sais, en vulgaire, « ça fait chier »... Mais c'est la seule condition à ta guérison rapide : attention, pas qu'elle soit heureuse (ça, c'est aléatoire), non, mais que par un effort vrai (le bonheur est actif) tu arrives à souhaiter sincèrement qu'elle le soit. Et surtout dis-le-lui bien. Prouve-le-lui.

Arrange-toi pour protéger son nouveau bonheur. Ne dis jamais : « Il me l'a volée. » Dis-toi qu'il la méritait peut-être plus que toi.

Ça va te faire bondir, mais apprends à l'aimer, lui. De loin bien sûr, ne va pas ajouter à ta déconvenue le fait de te faire baiser au propre comme au figuré (base 1 : humour). Ne va pas jusqu'à être le parrain de leur enfant, ça c'est de l'indécence. Mais dis-toi que cet enfant est un peu le tien, car sans votre mésentente, ces deux-là ne se seraient peut-être jamais aimés.

Et puis, on confond tellement souvent amour et amour-propre, passion et propriété. Le véritable amour pour un être est d'accepter son bonheur hors de soi. Le reste n'est que possession.

C'est une gymnastique à appliquer à ce que vingt siècles de judéo-christianisme nous ont inculqué, à savoir qu'il n'existe pas d'amour véritable sans exclusivité. Pour nous, européens de cette fin de XXe siècle, il est trop tard pour bouleverser cette conviction inscrite dans nos gènes. C'est pour cela qu'on souffre.

Mais, en mélangeant allégrement utopie et espoir, souhaitons que les générations à venir se détachent de cette aliénation de l'un à l'autre qui donne, c'est vrai, tant de bonheur mais engendre aussi des crimes passionnels en série, des souffrances énormes et produit des enfants traumatisés.

Je ne serai pas là pour le voir, mais je souhaite aux générations futures des relations amoureuses non exclusives, dépassionnées et sereines. Je sais que la passion est terriblement jouissive, mais ses revers sont encore plus terriblement dramatiques. Alors me direz-vous : la partouze sentimentale universelle ? On refait 68 ? Pourquoi pas...

Cependant, même les âmes ouvertes, les adeptes du « Pourquoi pas ? » comme moi, objecteront que l'animal qu'est l'homme possède un instinct indomptable. Celui qui fait battre les cerfs et les lions entre eux au moment du rut. C'est exact. Mais l'homme a tant débordé d'intelligence pour conquérir la lune qu'il me paraît tout à fait capable d'en déborder encore pour décoincer la sienne...

Le cul coincé n'est pas seulement une formule de chaisière, le triste bilan en est des siècles de tueries amoureuses, de massacres en série. Pourquoi le viol si le cul est en libre-service ? Pourquoi les milliers de bagarres, de batailles, d'assassinats si les coqs ne montent plus sur leurs ergots pour régner sur les poules de la basse-cour ? Le cul mène le monde, c'est sûr. Il le malmène aussi. Pour nous, les enfants du XXe siècle, c'est trop tard, ou trop tôt. En attendant la grande communion sentimentale et phallique, il faut s'adapter au mieux. Essayons, dans notre petit périmètre, de nous forcer à penser non-exclusivité, non-possession.

C'est peut-être, dans ma méthode, le plus inapplicable, mais essayons… Et ramenons le chagrin d'amour à ce qu'il est la plupart du temps : un chagrin d'amour-propre.

On dit : « Parce que c'était lui, parce que c'était moi. » C'est l'exemple type du bonheur passif. La lutte contre la souffrance du chagrin d'amour doit être active. Cherche ailleurs, vite. Se forcer à reconduire une autre voiture, même si on n'en a pas envie. Avec une certitude au moins : le temps se charge de te faire oublier le numéro de la plaque d'immatriculation.

Elle va se marier avec un autre, le cortège est annoncé. Alors, pyramide ! Base 1 (humour) : Quand tu seras cocu, tu klaxonneras moins fort. Base 2 (non-apitoiement) : Je l'ai aimée, je l'aime encore, mais quand je pense qu'il y en a qu'on n'aime jamais et qui n'aiment jamais... Base 3 (non-vengeance) : Finalement, je ne vais pas rentrer dans la mairie pour crier « non » au moment des anneaux, je ne vais pas passer mes nuits à lui téléphoner et à raccrocher, je ne vais pas tout faire pour la faire virer de son boulot, je ne vais pas lui faire le chantage au suicide. Non ! Je vais me replonger dans la méthode de Sébastien.

Monsieur,

Tous les chagrins d'amour se ressemblent, mais je voudrais vous raconter le mien parce qu'il est rare et authentique. Je l'aimais, et il m'aimait. Lui le bringueur, moi la presque sage. Deux ans de folie, de passion, et puis notre amour a eu du plomb dans l'« elle ». « Elle », c'était sa liberté. Je voulais la lui enchaîner. Et bien sûr, un jour, je lui ai demandé de choisir. Il est parti à tire-d' « elle ».

Et puis, lassé et moins fier, il est revenu pour que nous nous donnions une autre chance. Le reste est un mauvais scénario. Dialogue :

Moi : – J'ai peur d'« elle » !

Lui : – J'ai peur de moi !

Moi : – Puisque c'est ça, réfléchis pendant une semaine...

Lui : – D'accord ! Rendez-vous sur le pont de Bordeaux, dans une semaine. Minuit pile. Si on y est, on repart pour la vie.

Moi : – Si un de nous n'y était pas, c'est que ce n'était pas la peine. Autant ne plus jamais se revoir. Jamais. Et ne jamais se chercher.

Lui : – D'accord !

Minuit, Pont de pierre, à Bordeaux. J'attends. J'attends mon avenir. Les phares s'approchent, s'immobilisent.

– Alors, on est toute seule ?

– Barre-toi, connard, j'attends quelqu'un.

Encore des phares. Et encore. C'est pas lui. Il ne viendra plus. Une heure du matin. Ah ! peut-être, enfin... Non... C'est fini. Je pleure. Je rentre.

Quelques mois plus tard, je me suis mariée, j'ai fait des enfants. J'ai oublié de l'oublier. De temps en temps, un regret et puis non, finalement. Mes enfants sont beaux, j'aime mon mari.

Le chagrin d'amour

Il est dix-huit heures, un vendredi. On frappe à ma porte. J'ouvre. Lui. Lui et son meilleur copain.

Lui : – On passait dans le coin, on a appris que tu habitais là maintenant. On peut boire un verre ?

Moi : – Bien sûr, entrez. Voilà, je vous présente mes enfants... Mon mari.

Lui : – Bonjour.

Mon mari : – Bonjour.

Moi : – Chéri, va chercher des bouteilles à la cave.

Silence. Regards. Les enfants rient. Lui et moi n'entendons plus, ne voyons plus la maison.

Dialogue :

Moi : – Pourquoi ?

Lui : – Pourquoi quoi ?

Moi : – Pourquoi tu n'es pas venu sur le pont ?

Lui : – Comment, mais c'est toi qui n'es pas venue !

Moi : – Dis, tu m'as attendue sur quel pont ?

Lui : – Oh, merde !

Moralité : quand on ne veut pas avoir l'histoire d'amour la plus con du monde, il faut préciser avant le nom du pont.

Je vis quand même heureuse aujourd'hui. Lui, paraît-il, a trouvé un amour encore plus beau, encore plus fort.

On dira ce qu'on voudra, mais la vie, c'est comme un concombre : quelquefois tu l'as dans la main, quelquefois tu l'as dans le cul !

Pour préserver mon anonymat, si vous publiez ma lettre, signez-la Madame Dupont...

6
La solitude

Dans l'Allée des Platanes, il y a un monde fou. Mais fou, fou. À enfermer. Un joueur de rugby qui se suce lui-même. Un professeur d'anglais qui fait un enfant à soixante-cinq ans. Un flic qui se bagarre avec des Arabes, déguisé en curé. Un acteur de cinéma merveilleusement connu qui dépose des bouteilles de beaujolais, bourré, à six heures du matin, sur le monument aux morts. Un simple d'esprit qui connaît le dictionnaire par cœur. Une femme qui s'envoie soixante-trois mecs dans la soirée. Un marin tendre et merveilleux. Une speakerine émouvante et malheureuse. Un chanteur hué. Un chanteur comblé. Un chanteur mort. Un président souriant. Un maire en fuite. Un maire en forme. Un Rocard, sinon rien. Un Brassens séduisant et doux. Un Ventura en tablier. Un

Drucker en vélo. Un Bruel en sueur. Un Johnny en boîte. Une Sylvie en rousse. Un Mourousi en folie. Un Léotard en Napoléon. Un Napoléon en léopard. Un Lang en dragueur. Un Toubon en hypnose. Une Madame ex-Le Pen en douche, nue. Un de Funès en tendresse. Un Oury en souvenirs.

Des stars, des stars, encore des stars. Et des inconnus, des inconnus, encore des inconnus. Des ratés, des réussis, beaux, blonds, laids, perdus, suppliants, frappants, explosants. Un prince, un roi, un empereur et un Dard. Frédéric. Sans qui, là, ma plume, tu vois, écrirait du rien.

Ils sont tous là à me poursuivre dans l'Allée des Platanes, des milliers, des millions que j'ai croisés, embrassés, idolâtrés, détestés.

A un kilomètre à vol de merle de l'Allée des Platanes, dans la ferme vieille, il y a un vieillard à casquette gris pierre. Il n'a croisé dans sa vie au maximum que cinquante personnes. Qui est le plus seul de nous deux ?

« Seul » est un mot aussi court que le temps paraît long. Aujourd'hui, pour moi, connu, reconnu, la solitude est un plaisir. Elle me fut une souffrance, il y a longtemps. Elle est pour beaucoup la souffrance quotidienne. Je ne disserterai pas sur la solitude accompagnée, celle que chante Bécaud. Nous tous, noyés dans notre société grouillante, la vivons plus ou moins bien. Je te parlerai de la solitude vraie. Pas celle du président de la République qui, fermé au brouhaha du dîner officiel, abîmé (c'est le mot) dans ses pensées, déguste son saumon frais et son gewürztraminer vendanges tardives en se disant que, bon Dieu, qu'est-ce qu'il peut être seul. Pauvre petit bonhomme !

Pas celle de mon Kersauzon sur l'océan déventé : c'est son plaisir suprême.

Pas celle du pauvre chanteur trop comblé, trop adulé, qui au mieux se lexomile, au pire s'héroïne pour hurler dans son nouveau compact tiré à un million d'exemplaires que sa solitude est encore plus terrible que celle qu'il avait criée dans le compact précédent, tiré lui aussi à un million d'exemplaires. (Cette petite parenthèse pour montrer que si je suis généreux, je suis lucide aussi. Je compatis souvent, je m'insurge parfois.)

Eh toi, le « chanteur solitaire » ! Arrête de nous gonfler, vends ta villa d'été et va faire maçon portugais huit heures midi, deux heures six heures pour six mille balles par mois ! Tu verras ce que c'est, la vraie solitude face à face avec la truelle, le mur, l'enduit et l'ennui. Remarque, pour se désennuyer, il siffle tes chansons, le Portugais !

Bon, d'accord, on raye le passage précédent. Tu peux continuer à chanter, mais, par pitié, chante-leur l'espoir. Diagnostiquer « le monde est gris, il pleut des bombes... On va tous crever », c'est trop facile. D'accord, on le sait... C'est vrai que tu as grand cœur. D'ailleurs, au cas où on l'oublierait, tu t'adjuges deux, trois causes par an. Ça va du Sida à la Somalie en passant par ce pauvre abbé Pierre qui, s'il avait demandé à ceux qui se sont servis de lui tout l'argent que ça leur a rapporté, aurait aujourd'hui une soutane neuve.

Un dernier mot, les « chanteurs solitaires », c'est parce que je vous aime bien que je vous égratigne. Le mieux-être des autres passe aussi par vous : les gens respirent vos chansons, parfumez-les plus. Sortez un peu du temple, les marchands ! Vos paroles pseudo-intello compliquées, la rue s'en fout.

Ceci était un petit intermède personnel et professionnel à l'attention des chanteurs d'aujourd'hui qui m'ont poussé à acheter leur disque bénévole, un lecteur de compact, une place au fond à Bercy et un *Harrap's Shorter*, pour ne pas passer pour un arriéré profond dénué de toute sensibilité musicale quand on me dit : « NRJ, c'est la plus belle des radios. »

Je parlerai donc de la solitude des pauvres, des inconnus, des vieux, de certains jeunes. Donc, si tu n'es pas de ceux-là, tu peux passer au chapitre suivant.

Étudier la solitude cas par cas serait trop long, de celle de la veuve à celle du vieux, de celle du mal aimé à celle de l'aigri. Nous avons ou allons tous traverser ces périodes gris sale où ne vivre qu'avec soi devient insupportable.

Alors, pyramide ! Base 1 (humour) : Je suis seul et je ne peux avoir aucune aventure, ça m'économisera le test HIV.

Base 2 (non-apitoiement) : Seul, d'accord, mais à voir le chapitre « Le chagrin d'amour », mes dimanches de Pâques ne sont pas plus tristes que les autres. Base 3 (non-vengeance) : Au lieu d'appeler la police pour faire taire la musique de la fête à l'étage en dessous, pourquoi ne pas aller plutôt la rejoindre.

La base de ma méthode, en ce qui concerne la solitude, est d'aller vers son contraire. Tu es vieux, va vers les jeunes ; moche, va vers les beaux ; veuf, va vers les couples. Rien ne sert de se retrouver entre vieux, entre veufs, entre moches. Tu te sentiras encore plus vieux, encore plus moche et toujours aussi veuf. (Puisque plus veuf que veuf c'est deux fois veuf, et deux fois veuf : 18, et 18 c'est le Cher. Et ça ne fait pas revenir le cher disparu.) Ça, c'est de l'humour, noir, stupide et pas même drôle, mais moi, ça me détend. Et puis j'avais envie de l'écrire. J'aurais pu me dire je ne vais pas écrire ça, ça ne sert à rien. Je l'ai écrit quand même et en fait, ça va me servir à t'expliquer qu'il faut oser ses envies, même s'il y a de grandes chances qu'elles ne servent à rien. J'en connais tellement de ces forcenés de l'utile, qui gâchent leur existence à ne faire que le nécessaire.

Si tu savais l'importance du superflu, surtout toi, le solitaire : achète des fleurs pour personne, fais ta chambre comme si quelqu'un allait y venir, et cela deviendra un jeu dans lequel tu trouveras ta propre utilité.

Car la plus grosse part de la souffrance, dans la solitude, vient du sentiment de se sentir inutile.

Elle entraîne le laisser-aller le plus total. Souvent, cela commence par l'hygiène. Et puis on traîne les mêmes vêtements, même si on en a d'autres, et l'âme suit le corps : elle s'encrasse. Toi, le seul, ne te laisse jamais aller, même si c'est tentant. Trouve tes contraires. Force leur porte et aime, bien sûr.

Et si, malgré ça, tu restes encore seul, fais de ta solitude une originalité, une fierté.

Prends le virage à 180°. « J'ai tenté de sortir de ma solitude, personne ne m'accepte. Alors, à partir d'aujourd'hui cette solitude, c'est moi qui la choisis ; je m'en fais une force, une arme, un devoir... Ma solitude sera un combat sans animosité pour les autres, pour les "réunis", les "ensemble", les "familles". Cette solitude, je vais apprendre à l'aimer, à la protéger, et à défaut d'être aimé des autres, je vais m'aimer moi-même jusqu'au paroxysme. Je vais faire de la souffrance ma complice, de l'ennui une occupation raffinée. Un enfant gâté s'ennuie souvent de trop de plaisirs. Moi, je vais me faire un plaisir de mon ennui, une douce torpeur : je serai seul parce que je le veux ! »

En résumé, si tu es seul, essaie les autres, et surtout tes contraires et si ça ne marche pas, décrète-toi seul par choix. Ne laisse pas la solitude te choisir. Combats-la, puis choisis-la. Je ne le répéterai jamais assez : le bonheur est actif.

Une dernière pyramide pour un solitaire particulier, celui qui a trop de tout (va savoir, il a peut-être aussi mon livre). Le riche-beau-intelligent-doué-gagnant-adulé.

Celui qui a tellement réussi que dans l'océan des emmerdements qui recouvrent le reste de l'humanité, l'île sur laquelle il vit est truffée de miroirs lui renvoyant une image de Robinson désespérément comblé et seul.

Base 1 (humour) : Avec un seul de tes petits déjeuners, tu pourrais nourrir un village africain pendant un mois. Ça nous met quand même la biscotte à cinquante-huit Éthiopiens hors taxe.

Base 2 (non-apitoiement) : Toi encore, c'est rien mais pense que tes enfants n'auront jamais le doux plaisir du matin de Noël. Ils étaient couverts de cadeaux avant leur naissance : David Hamilton a fait l'échographie, Spielberg a réalisé le film de leur naissance et Tom Cruise a sauté leur mère neuf mois plus tôt, pour être bien sûr qu'ils seront les plus beaux du monde.

Base 3 (non-vengeance) : Que veux-tu, la vie t'a tout donné, mais oublie cette idée stupide de mettre ta fortune à la disposition de la recherche pour la santé. Laisse au moins ça à ceux qui s'y connaissent : elle t'a rien fait, Rika Zaraï !

Patrick,

Tu m'as fait l'insigne honneur (tu sais que je n'aime ni les insignes, ni les honneurs) d'écrire que tu n'aurais pas écrit sans moi. Moi, le Dard. Le Frédéric. Ton aiguillon à mots. J'en suis touché, tu me connais. C'est avec grand plaisir que je participe donc à ce livre en tant que correspondant factice.

La solitude est peut-être le chapitre qui me concerne le plus, même si je suis sûr maintenant qu'ils seront très nombreux, dont toi sûrement, à me conduire au bout de mon Allée des Platanes à moi.

Mes solitudes, tu les as découvertes à travers les lignes de mon commissaire charmeur, dans les rabelaisiennes troussées de mon

Béru, ou dans les cheveux blancs de ma Félicie. Je sais que tu es toi aussi un petit garçon qui a les mains sur les hanches.

Je te renouvelle l'assurance que tu es mon fils de cœur.

Ah, que je ne l'ai-je connu, le jardin du curé, pour y culbuter ta brave femme de mère !

J'aurai fabriqué tes frondes, je t'aurai défendu contre tous les 14 Juillet du monde, je t'aurai appris à être encore plus ce que tu es. Mais le temps et l'espace ne l'ont pas voulu ainsi.

C'est peut-être mieux d'ailleurs. Mon omniprésence, mes doutes et mes contradictions auraient peut-être fait qu'en l'étant réellement, tu serais peut-être moins mon fils aujourd'hui.

Je suis fier de l'amour que je t'ai enseigné sans le savoir, du savoir que je t'ai appris sans savoir que tu m'aimais.

Un jour, tu t'es travesti pour piéger ma bonne foi, mon cœur véritable. Et j'ai été comme tu savais que j'allais être. Je sais que c'est un des plus beaux cadeaux de ta vie.

Tu as raison de travestir ta vie pour savoir qui sont les êtres véritables. Moi, c'est caché derrière des livres de toilettes et de comparti-

ments que j'ai appris la valeur du monde. Le vrai de ceux qui nous entourent. Déguisé en grossier, j'ai déshabillé l'absolu. La vie est un carnaval.

Continue ton saltimbanque de chemin, les mains dans tes poches sous les yeux, à vieillir brut de brut, pierre de taille enrubannée pour les inaugurations de monuments aux cons. Qu'ils te reconnaissent et te médaillent n'est pas l'important.

Au fond d'un village, aujourd'hui, il y a un enfant au merle qui te lit, qui te sait, qui t'a déjà deviné à chaque détour de tes « bite, merde, chier ». Tu lui transmets le témoin que je t'ai passé. Il va courir pour nous comme j'ai couru pour Albert et Louis-Ferdinand. Ta plume n'a pas leur écriture royale. Mais l'encre est belle. C'est l'encre des bateaux ivres.

Est-ce que tu te rends compte de ce que tu me fais écrire ? Je te promets de t'envoyer une autre lettre, privée celle-ci, pour te dire vraiment.

P. S. : Et si c'était la même ?

7
L'échec

« Cette Allée des Platanes qui revient sans arrêt, non vraiment, aucun intérêt. Et puis cette philosophie de vestiaire c'est vraiment d'une incohérence rare. Quant à la méthode elle-même, quelle débâcle ! On croyait s'instruire, on perd du temps. »

Ainsi parla la critique. Et le livre fut un échec. Quelques exemplaires vendus. Beaucoup de retours. Et les gens s'en furent se paul-loup-sulitzériser à nouveau, laissant dans son fossé, tout penaud, l'enfant qui cherchait son père.

Ainsi donc, ils ne m'ont pas compris. Ils n'ont pas entendu le cri. Le désert est resté désert. Pas une pyramide. Plus le moindre espoir. Et l'homme fut conduit à sa dernière demeure sans que le cortège ait le cœur serré de passer entre les platanes, guettant le merle symbole.

J'anticipe l'échec donc, je me dis que, malgré ma sincérité d'encre, le message ne passera pas, que ces pages serviront de cale-meuble.

Mais quel échec ? me hurle soudain ma plume. Arrête tes conneries ! Sois honnête, ce n'est pas d'être lu qui t'importe le plus, c'est d'écrire. De t'écrire. D'exorciser. De jeter des conseils au vent. Tant mieux si ça pousse, mais tu sais bien que la seule chose qui compte, c'est de semer. Ces platanes, il fallait les dire. Cet amour, il fallait l'écrire. Elle est là, la réussite. Comme une réussite aux cartes. As de cœur (moi). Deux de cœur (maman et moi). Trois de cœur (Olivier, Sébastien et Benjamin, mes petits). Quatre de cœur (les quatre B : boire, baiser, bringuer, bouffer). Cinq de cœur (la main et ses doigts pour serrer, caresser, applaudir). Six de cœur (mes six vies : enfant, étudiant, sportif, débutant, imitateur, animateur). Sept de cœur (les sept tours du village de Martel, mon nid). Huit de cœur (les huit femmes que j'ai aimées de plus en plus fort). Neuf de cœur (Neuf veut dire nouveau, tout nouveau, tout neuf chaque jour). Dix de cœur (dix ans à vivre seulement, ça me suffirait, je signe). Valet de cœur (Olivier, mon ami là-haut). Dame de cœur

(Nathalie. Elle, mon île). Roi de cœur (alors putain de roi de pique, tu vas finir par me le dire en face que tu es mon père, qu'on change la couleur !).

Réussite quand toutes les cartes s'alignent en une même couleur. Réussite d'une vie. Sinon la mort.

Pioche...

Toute ma philosophie de l'échec tient dans une carte de police. Que je n'ai jamais eue, que je n'aurai jamais. Merci saint Flic.

C'était en 1973. Après un peu d'études de droit, j'ai passé le concours d'inspecteur de police. Échec ! Pour un point ! Point de non-retour, pensais-je ; en fait, point de départ. Aussi comprendras-tu que je t'encourage à considérer chaque échec comme une bienveillance du sort. Ce qui ne veut pas dire que l'accumulation des échecs soit la condition de la réussite. Mais partant du principe suivant lequel « celui qui n'essaie jamais ne se trompe qu'une fois », il faut considérer l'échec comme partie intégrante de la tentative, et je voudrais juste t'aider à atténuer le cortège des frustrations qu'il entraîne.

D'abord, ne jamais se dire que l'échec est une injustice. Chaque fois qu'il y a possibilité d'échec, même infime, que celui-ci se produise est dans la normalité des choses. On ne peut rater une cible que si on la vise !

Si j'applique la pyramide à mon échec policier, cela donne ceci. Base 1 (humour) : Au bac, j'avais eu 17 en français ; au concours d'inspecteur, j'ai eu 3 : ça ne doit pas être le même français. Base 2 (non-apitoiement) : Est-ce que cela ne m'a pas sauvé d'une cirrhose prématurée, l'abus de boissons alcoolisées dans les commissariats étant proportionnel à la soudaine conscience que n'est pas Columbo qui veut ? Base 3 (non-vengeance) : Retirer la phrase précédente car l'imagerie populaire – que je qualifierais (mauvais jeu de mots oblige) d'image des pinards – est teintée d'un vilain manichéisme, quand on sait qu'on ne picole pas plus dans la police que dans la SNCF et aux PTT (je sais, Coluche l'a dit avant moi, mais pour les droits d'auteur, je traiterai directement avec les « Restos du cœur »).

Les échecs ont deux visages : il y a ceux qu'entraîne ta propre défaite (examens ratés, défi vainement lancé à toi-même, etc.) et ceux qui sont liés à la victoire des autres.

Dans le premier cas, la frustration est à régler entre toi et toi. Dans le deuxième cas aussi, mais c'est beaucoup plus dur. Car l'âme humaine a été façonnée de telle sorte que, souvent, plus que son propre échec, c'est la victoire de l'autre qui fait souffrir. Toute la discipline de ma méthode est de s'efforcer, en cas de défaite, de se réjouir de la victoire de l'autre. Je sais, c'est terriblement dur, mais si tu reconsidères la pierre de la pyramide – faire le bien pour le mal –, tu y arriveras.

Il faudra bien sûr encore une fois puiser dans tes réserves d'amour. Rassure-toi, il est de ces filons qui sont inépuisables. Sache une fois pour toutes que nous n'utilisons en moyenne que 10 pour cent de nos capacités d'amour (comme nous n'utilisons que 10 pour cent de nos capacités intellectuelles).

La mine d'amour que nous avons en nous est considérable. Et l'exploiter au mieux, ce n'est pas Germinal ; c'est Fructidor. Chaque fois que tu puises dans ton stock d'amour, tu croques une pomme sucrée, douce, infiniment régénérante. C'est l'anti-péché originel. La notion de bonne action substituée à la notion de faute te garantit un éden durable. Crois-moi sur parabole !

Récemment (l'exemple est personnel, cathodique, et relativement dérisoire, mais adapte-le), une de mes émissions a eu l'heur (pour mon concurrent) de vous plaire moins que la sienne.

Traduction en bistrot courant : « Eh, t'as vu ? Nagui, il a niqué Sébastien à l'audimat. »

Petite parenthèse sociologique : quand j'entends le mot « audimat » dans un bistrot, c'est comme si j'entendais CAC 40 au dîner du soir des ursulines. Ça rassure sur l'érudition courante du poivrot ordinaire et de la femelle à cornette, mais ça inquiète sur le devenir sacramentel de l'obéissance à saint-émilion ou à saint François d'Assise.

Toujours est-il, fin de la parenthèse, que ce jour-là, après une vive déception d'une heure maximum, j'ai appliqué ma méthode. Je me suis forcé à me fondre dans le plaisir que devait avoir mon concurrent d'être récompensé en points d'audience de sa prestation professionnelle. Le plus sincèrement possible, je me le suis imaginé riant, champagnisant sa victoire, dormant de ce sommeil si serein qui suit les batailles gagnées (Mitterrand le 10 mai, Napoléon le 2 décembre) et c'est ainsi que ce revers, qui, il y a quelques années (quand je n'appliquais pas ma méthode), m'aurait sapé les neurones un mois durant, ne m'a contrarié que quelques minutes. Et la légère sensation aigre-dure qui nous habite dans ces cas-là s'est transformée en doucereuse chaleur ouatée. Je communiais à son bonheur, et cela a participé au mien. Tu vois, c'est simple comme bonjour. À propos, bonjour Nagui ! Et merci pour ce petit mot chaleureux que tu m'as envoyé pour me remercier de ce que tu as appelé ma « sportivité ». C'était plus que ça, c'était de l'amour, c'était un effort sur moi-même, c'était sincère, c'est ma méthode !

Que ce soit en sport, ou dans la vie courante, adapte cet exemple, pyramide tes échecs.

Message personnel et fin de chapitre à l'attention blagueuse de mon ami Jacques, maire de Paris, en cas de nouvel échec à l'obtention du CAP (Certificat d'aptitude présidentielle).

Base 1 (humour) : Le cuisinier de l'Élysée fait peut-être très mal la tête de veau.

Base 2 (non-apitoiement) : Je crois qu'il existe en France, si mes renseignements sont bons, quelques individus qui ne sont pas présidents de la République, et que ça n'empêche pas de gagner au tiercé.

Base 3 (non-vengeance) : La vengeance sexuelle, en l'occurrence sur Danielle Mitterrand, se double d'une inconscience inutile et d'un goût pour le sacrifice contre nature. Veux-tu descendre de là-dessus tout de suite !

Mon cher Patrick,

En tant que maire de Paris, député de la Corrèze, je tiens à t'adresser mes sincères félicitations pour ta prose, que j'apprécie.

Il est vrai que j'aime tout ce qui est écrit puisque cela se lit de gauche à droite, tout au moins en ce qui concerne ce qui est écrit en français. Le Corrézien est en outre sensible à l'hommage du Corrézien.

Toutefois, dans ton chapitre sur l'échec, tu m'envisages refoulé une fois de plus aux portes du plus bel immeuble de la rue Saint-Honoré. Serais-tu Élisabeth Tessier ou Didier Dierlich que je n'accorderais pas plus de crédit à cette hypothèse désespérante. Il est des combats que l'on ne peut perdre éternellement. Je sais, je sens que mon heure va sonner. Nous sommes à quelques mois du scrutin et franchement, je ne vois pas qui pourrait me barrer la route. Soyons logique : Édouard le Mou est un soufflé qui retombe, Bernard le Marseillais patauge dans les affaires, Michel et son Big Bang me semblent pétards mouillés. Et je n'ose imaginer qu'après treize ans de siège, le vieux singe (que les gibbons m'excusent) continue impunément à me faire la grimace de l'animal satisfait. Je parle du singe de l'Élysée, celui à l'accordéon étant pour moi au zoo depuis longtemps.

Bien sûr, que cette missive reste entre nous. Ces comparaisons simiesques, bien que profondément réalistes, pourraient déplaire, voire nuire.

Moi, l'adepte du beau verbe et de l'élégance, il faudrait beau voir qu'on découvrît sous ma carapace de gentleman une âme de soudard maniant l'insulte et la peinture à l'acide. Tu connais ma retenue, mais puisque nous sommes entre nous et que cette lettre ne sortira pas de ton bureau, permets-moi de me relâcher et de te dire : « Mais putain de bordel de merde en branche, quand est-ce qu'ils vont arrêter de me faire chier l'ambition, tous ces branle-pouvoir ! L'autre nain de Conflans, haut comme trois pets, qui vient encore nous gonfler les burnes avec son socialisme à la con dont tout le monde se fout. Et le vieil évier de Chamalières qui dégouline comme une fuite de couche de suffisance et d'inutilité. Chauve qui peut ! Qu'on lui foute son accordéon sur la gueule et qu'il retourne faire ses gammes au Balajo, cette tronche de poulpe ! Et le gros Barre plein de lui-même ! Avec un pain de dynamite dans le fion, j'en ferais bien une navette spatiale pour mettre sur orbite un satellite à cons ! Et surtout le vieux Landais de la Nièvre ! Que les hémorroïdes lui pètent au slip et qu'on l'évacue dans sa bergerie pour le faire saillir par un bouc en rut ! »

Pardonne-moi ces écarts de langage mais moi, je me shoote à l'ancienne : deux chabrots et je ne me contrôle plus. Que veux-tu, l'impatience justifie le style !

Il est évident que si, par hasard, ces propos étaient publiés, je nierais farouchement les avoir tenus. Je t'assure quand même de mon amitié, car tu sais mon sens de l'humour et mon humanisme véritable.

8

La médisance

Seuls les platanes de l'allée savent mon vrai, mon profond, mon identité sûre. Ils m'ont vu pleurer, rire, jouir et grandir. Ils savent, eux. Le reste n'est que conglomérat de supputations hasardeuses et frelatées.

L'homme s'approche du merle noir qui ne fuit plus. Il voit bien que l'homme n'a pas de fronde.

– Bonjour l'homme, fait le merle.

– Tiens, tu parles, toi maintenant !

– Eh oui ! Et comme je vole sur les ailes du bruit, je sais ce qu'on dit de toi.

Et le merle m'a dit. Tout. Et c'est là que je me suis aperçu que l'oiseau noir, jaune en gueule, n'était pas un merle mais un corbeau. Et moi qui depuis l'enfance le prenait pour un merle, moi qui l'appelle « merle » depuis le début. Et toi, bien sûr, pas méfiant, tu as cru au merle. Voilà le terrible décalage entre les choses qu'on dit et les choses qui sont.

– Et on dit quoi ? demandai-je au corbeau.

– On dit ça…

Ça, ce sont les richesses que je n'ai pas, les goûts que je n'ai jamais eus, les coups que je n'ai pas donnés, les paroles que je n'ai pas dites. Ou des crocs-en-jambe que je n'ai pas faits, des amnésies qui ne m'ont jamais effleuré, une suffisance dont je me sens incapable, des projets pour moi impensables. Des lâchetés qui me sont totalement étrangères, des basses manœuvres qu'aucun de mes sens ne pourrait commander. C'est ça, et le reste.

Alors, après les mots du corbeau, l'homme s'est encore une fois assis au fossé. Assis de l'autre côté du fossé, en face de lui, il y avait le même homme – trait pour trait.

L'homme décida que de ce côté-ci, c'était lui le vrai, l'authentique et, de l'autre, en face, celui qu'« on disait ». Celui des commérages. Mais lequel était vraiment le bon ? Comment le savoir ?

À ce moment-là, un enfant à fronde apparut au bout de l'allée. C'est lui qui allait juger.

L'enfant avança lentement. L'homme de là fixait l'homme d'en face. Quand l'enfant bifurqua vers l'homme d'en face, l'homme de là eut un sursaut.

Et si la rumeur disait vrai. Et si je m'étais décomposé sans m'en apercevoir.

L'enfant s'arrêta à l'homme d'en face. Il lui cracha à la figure et l'homme d'en face disparut. L'enfant se précipita sur l'homme de là et l'embrassa en le tenant par le cou.

Je sais que je ne peux pas être ce qu'on dit parce que je porte mon enfance autour du cou comme un gosse affectueux. Je suis pur, honnête, et droit à en crever. Et j'en crèverai.

Ce sont des mots pour des maux. Des mots qui blessent, qui tuent parfois. C'est un voisin, un ami, un parent. Pour nous, artistes, ce sont les critiques de tous bords. La médisance, c'est parfois une rumeur, une phrase de palier, une réflexion de bistrot qui étiquette « con », « cocu », « voleur », « menteur », « prétentieux », enfin tous ces mots disgracieux qui concluent le fameux « celui-là, c'est un... ».

C'est une présence invisible et obsédante, parce que c'est dit, montré, « prouvé » dans notre dos. Bien sûr, parfois, on l'aperçoit. Ce sont des « Celui-là, il a dit que... », « Il paraît que tu... », « Tu sais ce qu'on dit en ville... »

Personnellement, la médisance, la calomnie, je les lis surtout. Dans les lettres d'insultes et les articles vengeurs. Je dois reconnaître une remarquable constance à mon égard de qualificatifs aussi variés que « nul, grossier, vulgaire, beauf, gras, insipide, abêtissant, difforme de connerie » – le tout venant de gens dont rien ne prouve qu'ils soient intelligents, fins, brillants, subtils et sensés.

Et c'est ça qui me sauve d'un saint-sébastianisme aigu, agonisant en martyr définitif, transpercé de toutes parts de flèches lourdement décochées. La critique ne transperce vraiment que lorsqu'elle vient de haut, de très haut, de celui qu'on estime, dont on sait que le jugement est droit et sans servilité. Et ça, c'est rare. Le reste du temps, la critique agace. Juste le temps de pyramider la forte envie d'éclater la tête à ce gros con sans couilles, caché derrière la liberté de la presse, qui se permet de démolir ma personne et mon travail parce que « journaliste vomisseur » est tout ce qu'il a trouvé depuis qu'on a décidé de ne plus considérer « lécheur de cul » comme une profession libérale à abattements fiscaux avantageux.

Donc, je colère juste pour moi, et je pyramide : à ce critique, j'envoie une bonne bouteille à laquelle je joins ce petit mot :

« J'espère que vous aimerez autant cette bouteille que je n'ai pas aimé votre article (base 1 : humour + la pierre : le bien pour le mal). Et puis quoi, je préfère être descendu à la page spectacle plutôt qu'à la page des faits divers (base 2 : non-apitoiement). Et (base 3 : non-vengeance) me venger ne servirait à rien. » Le frapper pour en faire une victime ? Me servir de mon moyen à moi, la télé, pour le dénoncer, prendre à témoin des millions de gens de sa bassesse ? Ne serait-ce pas tendre au public un miroir grossissant de ses propres déjections verbales quotidiennes. Car, soyons franc, c'est le lot de l'animateur télé d'être fustigé, contesté, insulté : « Ce connard... Ils vont pas le virer... Encore lui... Nous fait chier... T'as vu cette gueule... » Etc. Des mots qui face à face avec l'intéressé s'apaisent, voire disparaissent. C'est la magie de l'écran. C'est presque une jouissance de pouvoir insulter sous verre. Et cela incite à l'indulgence, parce que c'est tellement facile.

Reste que d'insultes sous verre en diatribes sur deux colonnes se forme ce qu'on appelle une « image ». C'est comme à l'école : vingt bons points, une image très belle ; dix bons points, une image moins belle ; et puis pas d'image du tout. Mais la vie, c'est la cour d'école, pas la salle de classe. Et c'est pas souvent ceux qui ont des images qui y font la loi. Cette « image » qu'il faut à tout prix entretenir pour les gens médiatiques (à tel point que certains en font un code-barre) est essentielle dans la vie de chacun.

Car, hélas, le citoyen moyen passe la plupart de son temps à découper l'image de l'autre pour s'étalonner lui-même : être moins con qu'Untel, plus fort qu'Untel, aussi performant que, etc. Et si tu ne t'étalonnais que par rapport à toi-même ? Mets-toi une bonne fois dans la tête que je suis le centre du monde. Et toi aussi. Nous sommes tous le centre de notre monde. Nous sommes chacun le créateur de notre propre univers. À deux mètres de toi, ton voisin a forcément une autre vision, un autre point de vue. Donc qu'importe son jugement ! Bon ou mauvais, l'avis des autres ne peut pas te correspondre puisque c'est toi qui vis en toi. Alors sois bassement empirique. Repais-toi des bonnes critiques et reste indifférent aux mauvaises. C'est une simple question de plaisir. Les premières font du bien à ceux qui les font et à toi-même. Les secondes ne font de bien à personne. Car je ne pense pas que médire procure un réel plaisir aux médisants. Cela ressemble à un amas de toxines qu'on éjecte par le verbe, et qui est plus le signe d'un désarroi que d'un équilibre.

Bien sûr que tout cela est facile à dire et moins évident à appliquer. Bien sûr que cette méthode, je m'efforce de la communiquer sans moi-même l'appliquer toujours.

Mais c'est mon principe, ma méthode : « Les solutions existent, difficiles, parfois quasi impossibles, mais elles existent. »

Dans le bar que tenait ma mère, vers mes vingt ans, venait un petit mec râblé, bagarreur, menteur, voleur, voyou. Et la rumeur, le jugeant sur cela et uniquement sur cela, l'avait catalogué inapte à quelque générosité que ce soit. J'avais moi-même versé mon écot à la rumeur.

C'est vrai qu'il ne faisait rien pour la démentir, cette rumeur. Et puis un jour, au détour d'un virage, son auto s'est renversée et a pris feu. Il a été éjecté, mais à l'intérieur son copain est resté coincé. C'est alors que, tout à fait sain et sauf, il est revenu se faire brûler pour son pote.

Fable moderne avec moralité : « Ne jamais porter de jugement définitif. » Médire, c'est du temps perdu. D'ailleurs, la chose la plus gaspillée sur terre c'est la salive. Combien de milliards de litres de ce précieux liquide partent chaque jour pour le pire et non le meilleur. Ton voisin boit comme un trou et il découche ? Ne le dis pas à l'autre voisin, qui le dira à l'autre voisin.

Garde ta salive pour coller le timbre de la lettre d'amour que tu enverras à sa femme. J'ai bien dit à « sa » femme, pas à la mienne. Parce que moi, je suis jaloux.

Monsieur Patrick Sébastien,

Dans votre chapitre sur la médisance, vous vous en prenez violemment aux critiques en tout genre, à ceux qui n'apprécient pas ce que vous êtes et ce que vous faites. Puisque vous exprimez votre avis, soyez assez honnête pour me permettre d'exprimer le mien. Je suis personnellement critique de métier. Je sais que cela vous fait sourire. Je vais même apporter de l'eau à votre moulin en vous signalant un oubli dans votre chapitre. Vous avez omis de mentionner cette phrase que vous avait dite Louis de Funès et que, depuis, vous avez répétée maintes fois à la télévision, dans des interviews. Il vous avait dit, si ma mémoire est bonne : « Quand on demande aux enfants ce qu'ils veulent faire plus tard, ils disent pompier, infirmière, etc. Mais jamais critique... Jamais ils ne disent "quand je serai grand je vais tout critiquer... ".»

Eh bien, sachez que critique est mon métier, et que j'en suis fier ! J'ajoute que je suis un critique de mauvaise foi, aigri et méchant, et que je n'en éprouve aucune honte. Car le fiel que déverse ma plume, je le considère comme salvateur et égalitaire. Il apporte un peu du malheur de l'offense à ceux qui, sans nous, seraient couverts de louanges disproportionnées. Vous remarquerez que nous ne nous en prenons qu'à ceux qui réussissent vraiment. Histoire de rétablir l'équilibre avec ceux qui n'ont pas cette chance.

J'avoue ici mon aigreur, et ma méchanceté chronique. Oui, que vous ayez du succès, ça m'emmerde ! Oui, j'aurais bien voulu votre place ! Oui, je me complais dans le dénigrement systématique ! Mais vous qui prêchez le bonheur de l'autre, n'ayez pas la bassesse de m'enlever ce plaisir. Vomir des insultes est mon équilibre, ma raison de vivre. Alors soyez aussi bon que je suis fourbe, aussi généreux que je suis lâche. Ne privez pas un être sans talent, sans couilles et sans cœur de son droit au bonheur. Sachez, Monsieur, que je suis un handicapé de l'honnêteté intellectuelle. C'est la vie et mes multiples échecs qui m'ont fait ainsi. Alors comprenez-moi. Peut-être, un jour, le deviendrez-vous aussi. Ne me privez pas de l'extrême jouissance d'écrire que vous êtes une merde, un sous-comique troupier, un homme méprisable et une raclure. Ne me privez pas de l'espoir de croire que ce que j'écris est immédiatement partagé par ceux qui me lisent, même si au fond je sais bien que ces mots ne contentent que moi. Vous avez raison, je suis le centre de mon monde. Et ce monde, j'ai choisi de le couvrir d'immondices.

Bien entendu, cette lettre est anonyme, mais s'il y avait une faille passagère dans votre méthode fissurant votre base 3, celle de la non-vengeance, vous pouvez préciser que je travaille au Figaro.

9

La jalousie

Elle vient de tourner dans l'Allée des Platanes. Une autre Allée des Platanes. Pas celle du pôle Nord. Non, une de la lune. Paris. La nuit. Elle se gare devant le restaurant. Comment peut-il être ? Blond ? Grand ? Petit ? Je l'ai suivie parce que je voulais savoir. Et je vais savoir. Une chanson d'amour à la radio : « Fous le camp je t'aime ; mais reviens pour me dire que tu m'aimes ; alors je partirais si tu t'en vas quand même. »

C'est un signe, c'est sûr. Un homme vient de rentrer juste derrière elle. Si c'est lui, je serai classe. Grand seigneur : il fait deux mètres et cent vingt kilos. Pas confondre flagrant délit et témérité. Manquerait plus qu'il m'envoie à l'hosto ! Par contre, si c'est le petit malingre qui rentre à l'instant, je lui éclate la tête à ce nabot.

En plus, je me demande bien ce qu'elle lui trouve.

Alors, tu te décides ? Tu y vas ? Non, pas encore. Il faut être sûr du coup. J'aurai l'air trop con. Elle me croit à quatre cents kilomètres. Je suis rentré à l'improviste. Et, coup de bol, en arrivant devant la maison, je la vois partir. Elle qui m'avait dit : « Je branche le répondeur, je dors. » Non, franchement, tout y est. Elle me plante, c'est sûr !

Allez, j'y vais. Le cœur battant. Le trottoir. La devanture. Putain, je le crois pas ! Un de mes meilleurs potes. Ils rient. Allez, vas-y. Ça va être dur, mais il le faut.

– Alors, ça rigole !

Et comme dans un film au ralenti, je vois ses yeux étonnés, puis abattus, puis découragés.

– Ah non ! soupire-t-elle. T'as tout foutu par terre !

– Qu'est-ce que j'ai foutu par terre ?

– Bon, ben on le fera pas, là ! Il ne nous restait plus qu'à choisir le gâteau. Merde ! Ça fait deux jours que je prépare tout en secret.

Et le patron me montre la salle où s'inscrit en lettres rouges « Bon anniversaire Patrick ». Et il a l'air con, Patrick, mais con, tu peux pas savoir. Soulagé, mais con. Pardon mon amour…

Ce n'est que quelques années plus tard que j'ai appris que le soir de mon anniversaire, elle s'est fait sauter dans les toilettes par le patron du restaurant…

Cocu, je risque de l'être encore ; par contre, jaloux je ne le suis plus du tout… Même si la confiance n'exclut pas la vigilance.

Dire que je ne suis plus jaloux du tout, ce serait faux. Je suis dans la juste moyenne. Mais j'ai lutté pour en arriver là. Et il y a encore du boulot. Mais la jalousie maladive, j'ai connu. Je parle de la jalousie d'amour, celle qu'on habite du « dedans ». Nous parlerons plus tard de l'autre jalousie, la jalousie sociale, savamment entretenue par des années de socialisme exacerbé.

Mais revenons à mon mouton. Car c'est bien cela qu'on voudrait que l'autre soit, quand on est jaloux : un mouton. Docile à caresser, à tondre et à parquer. On dit jaloux maladif. Je ne crois pas que cela soit une véritable maladie. C'est, encore une fois, un simple manque d'amour. Alors pour moins souffrir (et non pas guérir parce qu'on n'en guérit pas), il va falloir une fois de plus pyramider (sans se demander si par hasard il n'y a pas un mec dans la pyramide !).

Parce que le grand mot de la jalousie, c'est le « doute ». Avec un D comme « défends-toi », « dis-moi où tu étais »... La certitude est, à la limite, une libération. C'est là que la souffrance explose puis retombe parce que ça y est, on a accepté les choses : « Elle (Il) me trompe, c'est sûr. » Et on repart sur d'autres bases, ou on ne repart pas du tout ce qui est beaucoup mieux, question souffrance, parce qu'à recoller les morceaux, les joints se voient toujours et le doute réapparaît.

Elle est terrible, la douleur du doute. Bizarrement, c'est souvent dans ces moments-là que sort la grande phrase : « Je suis sûr que tu me trompes. » À quoi succède l'inévitable : « Si tu en es sûr, pourquoi tu le demandes ? »...

Le doute, c'est l'exploration des poches, des agendas, le retour à l'improviste, la filature et la merveilleuse scène d'interrogatoire qui, dans 98 pour cent des cas, se termine par une scène érotique. Comme quoi c'est un des seuls moments où le mot « question » commence et finit par la même lettre !

Que d'heures passées à demander à l'autre où il était, et avec qui, et pourquoi cette odeur, et pourquoi ce regard. Bizarrement, c'est souvent ça le déclencheur. Un regard. Celui jeté à la table d'à côté, au restaurant, celui égaré d'un retour de travail, celui même pas reconnaissant d'une fin d'orgasme. Et la scène démarre :

Lui : – Tu ne veux pas me le dire ?

Elle : – Te dire quoi ?

Lui : – Pourquoi fais-tu semblant de pas comprendre, alors que tu comprends très bien.

Elle : – Je comprends quoi ?

(Tu remarqueras l'habileté qui consiste à répondre aux questions par d'autres questions et non par des réponses, ce que voudrait la logique.)

Lui : – S'il te plaît, ne me prends pas pour un imbécile !

Elle : – Mais je ne te prends pas pour un imbécile.

Lui : – Je sais qu'il y a quelqu'un d'autre.

Elle : – Si tu le sais, pourquoi tu me le demandes ?

Lui : – Je te le demande parce que si c'est toi qui me le dis, peut-être que je te le pardonnerais plus facilement. Je veux l'entendre de ta bouche.

Menteur, va. Il ne sait rien du tout. Elle le sait bien qu'il ne sait rien. Soit parce qu'en effet il n'y a rien, soit parce qu'il ne peut rien savoir... Mais n'accusons pas sans preuve.

Elle : – Mais dis-moi, toi, je te trouve bien soupçonneux... Tu as peut-être quelque chose à te reprocher.

C'est habile et classique. Le retournement de situation qui va se retourner, puis se retourner encore. Passons sur les retournements successifs. Glissons sur les insultes, éludons les verres cassés, pour arriver à la phase dite « descendante ».

Elle pleure sur l'oreiller. Il est sorti se calmer. Il revient. Elle boude. Il ou elle fait le premier pas. Encore un petit sursaut de « Tu exagères quand même ». Et le calme précède la douce (ou violente) étreinte de conciliation. Clap de fin ! À suivre... Au prochain épisode, il n'y aura pas de résumé des précédents : c'est le même.

Et la jalousie sape, taraude le couple. Et un jour, il, ou elle, part. Et il, ou elle, se dit : « Ma jalousie était donc justifiée. » Eh non, la jalousie, c'était la cause. Tant de douleurs causées, tant de douleurs subies. Alors là, le bonheur actif, c'est de *ne pas* fouiller, de *ne pas* chercher, de garder en soi la petite phrase qui va tout déclencher. De toute façon, la jalousie n'a jamais rien empêché. Si l'autre est tenté, il n'y a que deux possibilités : c'est l'« amour » ou « trop tard ». Et puis la réaction qui consiste à dire : « Je vais la (le) tromper moi aussi, ça va lui faire les pieds » : attention, danger ! J'en ai connu quatre ou cinq qui sont tombées comme ça dans mon lit par vengeance : elles faisaient l'amour en pleurant.

Parce que, justement, l'amour on peut le faire par plaisir, envie, intérêt, et on jouit ou on s'ennuie. Mais par vengeance, on souffre. Et si tu es un homme, risque-toi encore moins : femme, même en larmes, on peut simuler. Homme, huit fois sur dix, on débande. Et on s'ajoute un doute de plus !

La jalousie sociale, elle, ne joue pas sur le même ressort. Ce n'est plus le doute qui la nourrit, mais l'envie. L'envie d'être à la place de l'autre (en amour c'est plutôt l'envie que l'autre ne soit pas à la tienne !). La jalousie sociale est partout ! C'est un fléau. Un anti-bonheur quotidien. C'est : « Pourquoi lui et pas moi ? » C'est la voiture de l'autre, la beauté de l'autre, le destin de l'autre... Ça se décline à l'infini. C'est une souffrance bruineuse, comme ces crachins imperceptibles qui pénètrent froid, qui saupoudrent les cheveux, et dont on ne s'aperçoit qu'à la première goutte, le long de la tempe : la maison du voisin, le baccalauréat de l'enfant du voisin, et, au bout de quelques mois de voisinage, le regard qui se fait de plus en plus méprisant, les phrases plus sournoises – et la goutte perle à la tempe : « Dites, il peut pas jouer avec son vélo, votre gamin ! Quand on peut payer l'école privée, on peut investir dans un VTT. »

Et puis, bing ! Pour tout arranger, les dix ans du socialisme, avec ses formidables tolérances mais aussi ses déplorables utopies réconfortantes.

– Le riche va dérouiller !

– Alors nous, les pauvres, on va s'élever !

– Non, mais le riche va dérouiller !

– Ah bon, c'est bien alors !

– Oui, c'est bien !

Et c'est la grande illusion. Moi, je n'en ai jamais voulu à un riche d'être riche, à un beau d'être beau, à un plus que moi d'être plus que moi. Soit j'ai essayé d'atteindre son niveau, soit j'ai accepté mes limites. Une des principales clés du bonheur, c'est d'arriver à se passer de ce qu'on n'a pas, de ce qu'on n'a plus et de ce qu'on n'aura jamais, en se foutant de savoir si l'autre l'a, l'a encore, ou l'aura.

D'accord, c'est simple, simplificateur et simpliste, mais c'est un pas d'ogre pour un bonheur de sept lieux. Donc, pyramidons la jalousie sociale :

Base 1 (humour) : « Si haut que l'on soit assis, ce n'est jamais que sur son cul. » (Montaigne). Base 2 (non-apitoiement) : L'argent du beurre ce serait bien, mais dans le tiers monde, y a même pas de beurre. Base 3 (non-vengeance) : Tu sais jamais vraiment de qui tu te venges. Je connaissais un type qui, toute sa vie, a voulu une Rolls et qui l'a eue. Il habitait un petit deux-pièces miteux, sa folie c'était sa Rolls, que de moins pauvres que lui passaient leur temps à rayer et à casser. Ne dis pas à ton fils d'aller casser la Rolls dont tu ne sais pas si celui qui est dedans n'a pas perdu le sien !

« Dieu que ce Sébastien schématise à l'extrême », délouangent certains ! Cette exclamation (puisque point il y a à la fin) me persifle aux oreilles mais je m'en bats les trois couilles.

« Trois, vraiment trois ? » abasourdis-tu. Mais non, c'était pour rire. Mais au cas où, déjalouse quand même en pyramidant les trois bases en même temps : trois c'est trop, deux c'est bien, mais la mienne me suffit.

PREMIÈRE LETTRE

Patrick, mon chéri,

Cela fait des années que je ne partage plus ta vie mais, comme tu vois, je m'intéresse à toi puisque j'ai acheté ce livre (qu'entre nous, tu aurais pu m'offrir). Je te remercie de ne pas avoir cité mon nom au sujet de l'anecdote de l'amour dans les toilettes même si, je te l'avoue – mais, aujourd'hui, il y a prescription –, je ne me souviens pas que ton rival était le patron du restaurant. J'espère que tu me verseras une partie des droits d'auteur. Je plaisante, bien entendu. Il n'en est pas question. C'est ton œuvre. Tu as du talent et toi seul en mérite le salaire. Par contre, j'ai des petits problèmes en ce moment. Je te rappellerai.

Ta petite puce qui ne t'oublie pas.

DEUXIÈME LETTRE

Patrick, mon chéri,

Cela fait des années que je ne partage plus ta vie mais comme tu vois, je m'intéresse à toi puisque j'ai acheté ce livre. Ce livre, entre nous, tu aurais pu me l'offrir. Je te remercie de ne pas avoir cité mon nom au sujet de l'anecdote de l'amour avec le patron de restaurant même si, je te l'avoue – mais, aujourd'hui, il y a prescription –, je ne me souviens pas avoir fait ça dans les toilettes. J'espère que tu me verseras une partie des droits d'auteur. Je plaisante, bien entendu. Il n'en est pas question. C'est ton œuvre. Tu as du talent et toi seul en mérite le salaire. Par contre, j'ai des petits problèmes en ce moment. Je te rappellerai.

Ta grande sauterelle qui ne t'oublie pas.

TROISIÈME LETTRE

Patrick, mon chéri,

Cela fait des années que je ne partage plus ta vie mais, comme tu vois, je m'intéresse à toi puisque j'ai acheté ce livre. Ce livre, entre nous, tu aurais pu me l'offrir. Je te remercie de ne pas avoir cité mon nom, au sujet de l'anecdote de l'amour avec le patron de restaurant, tout en te signalant une petite erreur : ce n'était pas pour ton anniversaire mais pour ta fête. J'espère que tu me verseras une partie des droits d'auteur. Je plaisante, bien entendu. Il n'en est pas question. C'est ton œuvre. Tu as du talent et toi seul en mérite le salaire. Par contre, j'ai des petits problèmes en ce moment. Je te rappellerai.

Ta gentille chatte qui ne t'oublie pas.

Exceptionnellement, j'ai adjoint à ce chapitre ces trois lettres de trois correspondantes différentes, non pour étaler complaisamment mes déboires conjugaux, mais pour justifier le fait que je ne cautionne pas totalement Brigitte Bardot. Mon amour pour les animaux en exclut les puces, les sauterelles et les chattes.

10
La culpabilisation

L'enfant est perché sur le platane. Il ne faut pas que le merle de Dieu, qui remonte l'allée en priant, le remarque. L'enfant sait qu'il a fauté. À cette époque, l'enfant croit en Dieu. Parce qu'on lui a dit qu'il faut. Il est même enfant de chœur. Pour le déguisement, surtout.

Le merle (l'autre, l'oiseau vrai) se pose près de lui.

– Va-t'en…

Si le merle siffle, le curé va peut-être tourner la tête, et alors là, il est pris. Mais quel si grave péché a-t-il commis ?

Deux jours plus tôt, le soleil tapait sous l'équateur. Place de l'église, il jouait seul au ballon. Tu vois, ça avait aussi des avantages de jouer seul. Puisque lorsque le ballon alla fracasser le vitrail, personne ne vit ni n'entendit. Il pinça sa lèvre, ouvrit des yeux effrayés, et partit trembler au garage.

Mentir. Il fallait mentir à tout prix. Pas pour éviter une correction, on ne le frappait pas. Mais il avait peur du curé. C'était quand même un peu Dieu. Oui, mais Dieu, l'autre, voyait tout. Tant pis, Dieu le punirait directement. Il préférait ça.

Le nez dans les tartines, vers quatre heures, il entendit la voix douce du curé sur le pas de la porte. Il saisit seulement des bribes.

– … ballon… Vous vous rendez compte… si beau vitrail…

La tête dans le bol, il attendait l'orage.

– Patrick, qu'est-ce que tu as fait ?

– Mais rien, mémé…

– Et ça, c'est peut-être pas ton ballon ?

– Si, qu'est-ce qu'il y a ?

– Il y a que tu le sais très bien. Tu as cassé le vitrail.

– Non, mémé ! je te jure !

– Ne mens pas !

– Je te jure sur ta tête !

C'était la première fois qu'il jurait sur sa tête. Il avait l'air si sincère qu'elle le crut.

– Bon, alors je suis sûre qu'on l'a cassé avec ton ballon pour faire croire que c'était toi.

– Sûrement, mémé !

Là, ça se compliquait. Mensonge, parjure, et, de coupable, il devenait victime. Elle l'embrassa sur le front.

Comme il se sentait mal, l'enfant. Et le lendemain, ce fut pire. Mémé était tombée dans l'escalier. Oh, rien de grave. Une entorse. Même si c'était le pied, il n'arrivait pas à oublier qu'il avait juré sur sa tête. Dieu avait dû se tromper d'extrémité...

Niché dans le platane, il sait que s'il croise les yeux du curé, il dira tout. Il essaie de s'effacer derrière le tronc. Encore plus. Encore plus. Va-t'en, le merle !... Un geste du bras pour le chasser. Un geste de trop et un appui en moins. Il chute lourdement.

C'est dans la douleur du poignet fêlé qu'il assumera sa culpabilité.

Je n'aurais jamais dû acheter cette putain de moto. J'aurais dû lui dire, ce soir-là, « rentre en voiture avec papa ». J'aurais dû lui donner cent ans d'amour en dix-neuf ans. J'aurais dû, j'aurais pu. Et puis quoi encore ? Ne pas l'enfanter ? Ne pas naître moi-même ? Et à quoi ça va me servir de me crucifier ? Le passé appartient au passé. Refaire mille et mille fois le baiser sur la joue, et mille fois accrocher ma main au blouson avec l'aigle sur le dos en disant « Reste ! ». Ça ne serait pas arrivé dans ce virage-là ? Ça serait arrivé dans un autre ? Ça ne serait jamais arrivé ? Et si c'était arrivé avant ?

Et si « responsable » n'était qu'un mot du dictionnaire avec un astérisque renvoyant à d'autres mots : « constructeur, route, vitesse, jeunesse, inconscience, destin, peur », au lieu de renvoyer aux toujours mêmes trois lettres « moi ». Et *moi* s'arrange avec *moi*, et *moi* doit vivre debout pour la fille de *lui*. Et *moi* se dit que *lui* lui manque tellement que vingt fois, *moi* a failli jeter sa voiture dans le même virage pour que *moi* et *lui* ne fassent qu'*eux*, partis pareil. L'imitation parfaite.

Le titre de la tournée, pendant laquelle *lui* s'est envolé, je te l'ai déjà dit, c'était « L'imitation 90 ». C'est moi qui avais trouvé ce jeu de mots. Prémonition pense *moi*. Et reculpabilisation de *moi*.

Et cette souffrance, je t'assure, elle est aussi terrible que le manque de *lui*. Alors *moi* lutte, se bat encore et encore, pour rester debout, contre *moi*.

– C'est quand même ta faute.

– C'est la faute à tant de choses !

– Oui, mais à toi d'abord.

Ta gueule, tu m'emmerdes ! Bien sûr que je peux m'enfoncer ce pieu dans le cœur et m'affaiblir de jour en jour en hurlant que c'est ma faute. Je le sais, mais ce dégoût, cette douleur sordide, je les ai mis dans un coin, dans une boîte de mon cœur dont j'ai jeté la clé. Si j'ouvre la boîte, je tombe. Et je ne veux pas tomber, j'ai encore tant de choses à leur apprendre.

La culpabilisation, il faut la troquer. Pour survivre, il faut consciemment l'échanger contre la douleur physique. Chaque fois que mon dos a mal, que mon ventre se tord, que la migraine m'étouffe, je me dis que c'est elle, que c'est normal, que c'est le prix. J'appelle ça un transfert. Un arrangement de moi à moi. De toute façon, il me faut vivre avec. Dans mon cas, tout est extrême. Et c'est à vie.

En ce qui te concerne, si ce sont de petites culpabilisations, transfère-les à tes bobos. Fais-en de piètres pénitences. Fixe-toi le tarif : petite faute professionnelle = une contracture; grosse faute professionnelle = deux panaris (base 1 : humour). Et puis (base 2 : non-apitoiement), tu n'es jamais responsable à 100 pour cent. Ton gaz ouvert a fait exploser la maison, d'accord, mais qui t'a vendu la cuisinière à gaz ? Et c'était avec qui, le rendez-vous urgent qui t'a fait partir en oubliant la casserole de lait ? Et qui a inventé la casserole ?... Et puis (base 3 : non-vengeance), si c'est de toi à toi, ne te venge pas sur toi. Tu fais pleurer à cause de toi. Il ne faudrait pas en plus qu'on pleure pour toi. En résumé, transfère donc sur la douleur physique. Ça allège la douleur morale et, d'être justifiée, la douleur physique en devient plus acceptable

La faute doit rester en toi, elle pointera son nez en brûlure, élancement, crampe, maladie passagère. C'est le prix de ton apaisement moral. D'accord, c'est un leurre.

Mais n'oublie pas que c'est un aménagement entre toi et toi. Je n'énonce pas une vérité scientifique ou théologique, je te suggère une solution. C'est tout ! Sinon, bien sûr, « cancer » voudrait dire « grosse faute » et beaucoup de ceux qui en hurlent n'ont pas commis de fautes telles qu'ils puissent mériter un tel calvaire.

Mais le leurre de cet arrangement que je te soumets n'est, je le répète, qu'un troc de l'impalpable avec le pharmaceutique. C'est un contrat avec toi, signé par toi. Et c'est une assurance de mieux-être. Et si la douleur physique ne te paraît justifiée par aucune faute, dis-toi que, sans le savoir, nous sommes tous responsables de tant de choses.

Tu es peut-être celui qui avait rendez-vous avec le mec de la casserole sur le gaz.

Tu vas peut-être poser ce livre pour faire l'amour à une femme qui donnera naissance à un assassin.

Tu es peut-être celui qui, un jour de juillet 1990, n'a pas assez retenu (ne serait-ce que quelques secondes) un gosse qui, à quelques secondes près, n'aurait peut-être pas doublé la voiture qui l'a forcé à se déporter dans le virage où...

Donc je résume : chaque douleur physique est l'expiation d'une faute. Je sais qu'il y a du Jésus-Christ dans mes propos. N'y vois pas une conversion subite. Une coïncidence seulement. Je demeure incroyant à l'égard de tout être supérieur et de sa progéniture, si cloutée soit-elle. Pour moi, chacun est l'être supérieur, le centre du monde, et ce monde n'est que terrestre.

Ce point de vue est le mien, je ne te demande pas de renier tes croyances, je t'expose seulement mon opinion.

Et ne crois pas que mon athéisme vienne d'un quelconque ressentiment à la suite de malheurs successifs. Ma position vis-à-vis de Dieu et de la religion est à peu près celle-ci :

A priori, je n'ai rien contre l'existence d'un grand barbu paradisiaque qui aurait réglé l'horloge et fabriqué la femme à partir de la côte du premier cocu recensé. D'autre part, les services religieux, hormis la quête, ne déclenchent pas chez moi d'allergie particulière. Cela dit, m'étant interdit tout usage de stupéfiants et la religion étant l'opium du peuple, je refuse catégoriquement de me shooter à l'eau bénite ou de planer vers La Mecque. Que les religieux n'en prennent pas ombrage, je ne dénigre pas, je ne juge pas, je ne classe pas, je n'encourage pas : je ne crois pas, c'est tout. L'éternité en statuette, la rédemption en tchador et la pénitence en chapelet, pour moi ce n'est que de la céramique, du tissu et de l'égrenage. Je ne suis que matière et amour, ma matière ne laissera pas de trace sur terre, mon amour peut-être.

Biodégradable soit, mais sans ailes dans le dos. J'ajoute qu'en auréole, il n'y a pas ma taille.

Patrick,

Je suis le merle de Dieu. Ton premier curé. Je t'écris du paradis. Tu vois, il existe. Dieu aussi. Je sais que cette lettre ne te convaincra pas, mais il existe. Comment un homme si plein d'amour continue-t-il à nier que ce qu'il a baptisé générosité, tendresse et compassion est l'œuvre de Dieu ? D'où veux-tu que te vienne cette flamme, sinon de l'Éternel ? C'est lui qui dicte à ta plume, à tes actes et à tes bontés. Pourquoi t'obstines-tu à fuir sa Toute-Puissance.

Je sais que la religion te choque. Que tous ces morts, toutes ces tueries, toutes ces intolérances au nom de Lui t'ont définitivement persuadé de son inexistence. Tu es si tendre-

ment contradictoire. Tu crois en la matière et en l'amour. Mais l'amour, c'est Lui. Sans Lui, tu ne rayonnerais pas ainsi; sans Lui, tu ne sentirais pas la douce chaleur du bienfait rendu. Je sais que la prêtrise est maladroite, que notre Souverain Pontife s'accroche mal à notre siècle et à ses maux. Je sais que tu ne crois pas à l'après. Mais tu es déjà l'après. Tu es l'enfant de tes enfants. Dieu, c'est la lumière. Dieu est en toi, que tu le veuilles ou non. Alors ne penses-tu pas que tu ne crois pas en lui par besoin d'originalité ou par entêtement stupide ?

Je sais que si je te dis que l'enfer te guette, tu vas rigoler. Et que la perspective de retrouver Audiard, Brel et Brassens serait plutôt pour t'enchanter. Ton âme est belle, petit. C'est Lui qui l'a faite. La preuve, comme dans le chapitre sur la mort de ton enfant, ta plume est en train de se bloquer. Tu le sens. Tu as voulu jouer à t'écrire de la part de Dieu, et tu sens quelque chose d'indéfinissable freiner ton écriture...

C'est vrai. Ça coince. Mais ça prouve rien. Ou alors, si tu existes, rends-moi le gamin... Non... Personne... Même pas une voix... Pourquoi Jeanne d'Arc et pas moi ?... Allez, salut !

C'est vrai que c'est la seule fausse lettre que je sens lourde à écrire... La seule où j'ai repris le dessus sur l'imaginaire. Alors, je m'envoie mes salutations distinguées et je passe au chapitre suivant... C'est vrai que j'ai un doute... C'est vrai que je sens une présence... Mais ça ne me suffit pas... Tant pis... À la prochaine foi !

... Tu vas pas me croire, mais je viens de poser le stylo deux minutes et j'ai des frissons partout. Chair de poule, je te jure. J'essaie d'analyser. Non, ce n'est pas Lui. C'est l'idée que je m'en fais. Je suis têtu, je sais...

Tant pis pour mon salut éternel. Et puis, on fait un marché : si tu existes, Dieu, t'auras qu'à me réincarner en moi. Une deuxième chance ! Je te promets que je saurai les convaincre mieux que tu ne m'as convaincu.

11

Les petites contrariétés

Les deux adolescents posent leurs Solex contre le platane. Été 69. Année érotique. Il la prend par la main et l'entraîne au fond du champ aux vaches. Il cherche un abri anti-anatomique. Éviter d'être vus, nus.

Elle est fraîche, dodue, le bout des seins rose pâle. Il connaît l'amour physique depuis trois ans. Elle, c'est sa première fois. Ne pas la brusquer alors.

Ce serait dans un film pudique, la caméra reculerait lentement, panoramiquerait sur un buisson, puis sur le champ. Seulement voilà, dans le champ, le taureau monte la vache. Alors la caméra revient. À l'aplomb. On voit de dos un corps nu à quatre bras et à deux têtes, dont une de fille qui ferme les yeux.

Consciencieusement, il va pousser ses reins longtemps. Longtemps. Faut dire qu'à l'époque, il confond érotisme et performance. Il se retient de jouir. Elle aussi, apparemment...

Bon, ça fait trois quarts d'heure maintenant. Et il ne peut plus se retenir. Il semble que sa compagne soit restée sur sa faim. C'est pas grave, de toute façon ils s'aiment et quelques années plus tard, elle jouira bien plus souvent que lui.

Le soleil, l'amour, la jeunesse, mais où est la petite contrariété ?

Eh bien, c'en est tellement ridicule que, même aujourd'hui, l'homme ne peut s'empêcher de rire quand il se la remémore. Pourtant, il n'y a pas vraiment de quoi.

Arrivé chez lui le soir, en se déshabillant, l'adolescent constata ce qui depuis la fin de l'après-midi lui occasionnait une douleur lancinante. Le bout de son sexe était à vif. Il fit immédiatement de cette vilaine brûlure une fierté.

Il courut à son oncle, son confident, souffrant dans sa chair mais exultant dans son honneur.

– Tu te rends compte ! je l'ai tellement rabotée que j'ai fait des copeaux...

– Tu ne peux pas laisser ça comme ça ! Va voir un toubib.

– Ah non, là j'aurai honte !

– Il n'y a qu'une seule solution, il faut désinfecter.

– Et comment ?

– Eau de Cologne…

Le soir, le sexe dans une main et la bouteille dans l'autre, il était moins fier. Il tamponna quelques gouttes. La brûlure était terrible. Il décida que, de toute façon, il était un rugbyman courageux et qu'il en avait vu d'autres. Il versa d'un coup un flot d'eau de Cologne sur la plaie. Quatre…, cinq peut-être, le nombre de tours de chambre qu'il fit en hurlant.

Petite contrariété donc, qui n'empêcha pas la planète de tourner et qui ne le priva pas d'école, ni de sport. Juste de celle qu'il aimait pendant une quinzaine de jours. Il l'emmena à nouveau dans le champ aux vaches, trois semaines après (au bout de quinze jours c'était elle qui était indisposée : décidément quand ça veut pas, ça veut pas).

Leur deuxième fois ressemblait mot pour mot, soleil pour soleil et vache pour taureau, à la première. À cette petite différence près : au moment où il allait la prendre, elle lui glissa à l'oreille, bienveillante et narquoise :

– Je n'ai pas osé te le dire, mais mets-la bien dedans : la dernière fois, tu étais dans l'herbe !

Ce ne sont que des piqûres d'épingle, mais c'est souvent par ces petits trous que fuit du bonheur, sans que tu t'en aperçoives. Ce sont des accrocs presque risibles quand tu te les remémores. Des mini-souffrances. Des quick-douleurs. Ça va de la contravention à l'acné, de l'embouteillage à la perte d'un objet cher. Il faut apprendre à pyramider ces petits riens du tout qui, si tu n'y prends garde, te font maussade un caractère plutôt prédisposé à l'entrain.

Faire le tour de tous ces moments qui t'« embouchanent » la vie, comme on dit chez moi, serait fastidieux. On va juste s'amuser à de petits exemples pour jouer un peu, entre deux chapitres sérieux. Démonstration ludique mais essentielle, parce que, en cas de grosse souffrance, les piqûres d'épingle ont tendance à exacerber les pulsions nerveuses (bris d'objet, insultes inutiles, etc.), et à te faire prononcer des phrases nullissimes du genre : « Mais qu'est-ce que j'ai fait au bon Dieu... » Comme si ton bon Dieu, puisque tu y crois, n'avait pas autre chose à faire que te faire pousser des boutons sur la gueule quand tu as rendez-vous, ou appeler la fourrière quand tu dépasses sur les clous !

Ah, la belle souffrance éphémère que le retour sur le lieu de stationnement pour constater la présence du « rien » ! Plus d'auto. Alors, vol ou fourrière ? Allô, la fourrière ? Eh, oui, elle est là ! Taxi. Payer. Fourrière. Payer encore. Et puis quoi, deux jours après, tu restationnes où il faut pas. Alors à quoi bon cultiver ta contrariété à coups de : « Salaud de flic... mais pourquoi je me suis mis là ! »

Pyramide plutôt. De toute façon, cela ne changera rien. Tu crois peut-être que le coup de gueule soulage ? Faux. Moi, grand adepte du coup de gueule (mais en progrès constants), je t'affirme que mes colères ne font de mal qu'à moi. Depuis que je pyramide (y a encore du boulot !), j'ai dû gagner 20 pour cent de bonheur chaque jour. Tiens, à propos de la fourrière. Base 1 (humour) : En voilà une bonne excuse la prochaine fois que tu traîneras trop tard avec ta maîtresse. Base 2 (non-apitoiement) : Quand on connaît le nombre de morts sur la route, le PV est quand même l'accident le moins grave qui puisse t'arriver en voiture. Et puis comme, statistiquement, tu vas prendre environ cent contraventions dans ta vie, tu viens de gagner un pour cent sur la probabilité (c'est pas une raison pour en collectionner cinquante dans les jours qui viennent). Et puis (base 3 : non-vengeance) ne dis pas que ça va dans la poche de Roger Hanin, c'est une méchante rumeur, et si, par rancune, tu décidais de t'interdire *Navarro*, tu passerais à côté d'un formidable acteur.

Là, tu te dis : cirage de pompes au beauf, est-ce qu'on ne s'éloignerait pas trop du sujet ? Non, c'est du stylo buissonnier. Moi, ça m'exorcise un peu la gravité d'avant et d'après mais si tu t'ennuies du vraiment grave, va au chapitre suivant. Seulement crois-moi quand même, ces diversions folkloriquo-contractuelles sont une partie de l'échafaudage pour la construction d'une phrase essentielle dans l'existence : « Chéri (e), j'ai passé une bonne journée. »

On dit rarement, j'ai passé une bonne quinzaine, un bon mois.

Le fait de ramener notre bilan de bonheur à des tranches de vingt-quatre heures m'oblige à te donner tous les trucs pour soulager un tour de cadran (l'autre bilan intervenant au tour de cadran suivant). Ma légèreté d'explication vient du caractère éphémère du tracas. Alors on enchaîne : voyons le cas dramatique des boutons sur la figure au jour du rendez-vous (passage réservé surtout aux ados).

Il commence à pointer, sournois, le bout de son nez sur le bout du tien. Et toi, tu projettes : elle, assise en face de toi, dalidant des yeux sur ton nez, et toi, même pas suffisamment rouge de confusion pour que le bouton se confonde. J'en connais qui ont raté la femme de leur vie pour une purulence qu'ils n'osaient pas exhiber. Ne hausse pas les épaules, je te jure que c'est vrai ! Allez va, ne panique pas, avec de la chance, elle aura le même et vous prendrez ça comme un signe. Et si elle n'en a pas, tu peux toujours lui dire qu'en guise de fleur, c'est ce que tu as trouvé de plus original parce qu'il se transforme en rose à la fin du repas. Allez, bonne soirée !

Une contrariété un peu plus douloureuse, c'est le vol ou la perte d'un objet qui t'est cher. Un jour on m'a volé, avec ma voiture, le béret avec lequel j'avais franchi mes premières scènes. Quoi de plus stupide, de plus dérisoire que la perte d'un béret. C'est con, mais j'en aurais pleuré. Toi aussi, tu dois avoir, dans un recoin, une chose infiniment insignifiante pour les autres, et dont la perte ou le vol t'écorcherait le cœur. Si c'est un vol, la pyramide tient dans la phrase d'une chanson de Brassens, *Les Stances à un cambrioleur* : « Ce que tu m'as volé, je te le donne, et nous sommes quittes parce que j'en ai fait une chanson. »

S'il s'agit d'une perte, la poésie est un remède au manque : dis-toi que ce n'était pas la matière, mais l'âme de l'objet qui te réchauffait le cœur. La forme s'est désintégrée, le vent en a gardé l'âme. Et chaque fois qu'une brise légère caresse ton visage, c'est le frissonnement des objets perdus qui vient te lifter tendrement la mémoire.

Petits tracas, grosses contrariétés passagères, têtes d'épingle, prends tous ces aléas pour ce qu'ils sont : les virages, nids-de-poule, et autres graviers des routes départementales. Ça ralentit le parcours, ça secoue, ça pue, mais vois comment ça vit, une route départementale, vois comme le paysage est beau à la vitre.

La vie sans aléas est une autoroute monotone où on s'endort. Les péages en sont l'ennui, le dégoût et la routine.

Cette métaphore à la « Bison futé », pour te rappeler que la souffrance est aussi le sel de la vie. Une vie pleine de douleur est terrible. Une vie sans souffrance aucune le serait sûrement plus. N'est-ce pas dans les pays où les aléas sont les moins nombreux qu'il y a le plus de suicides ? On se suicide moins en temps de guerre qu'en temps de paix.

Pour finir ce chapitre par un clin d'œil personnel et grivois aux petites contrariétés en tout genre, écoute ça :

1980, l'hiver. Je sors de Lille après un spectacle, direction Brive... Quelques kilomètres et mon autoradio se tait. Panne... Adieu mon compagnon de route préféré. Je suis seul au volant, la pluie tombe. Le premier essuie-glace s'envole. Puis l'autre. Et puis Paris, un radar. Et puis Orléans, l'alternateur commence à faire diminuer la puissance des phares. Et puis en pleine Sologne, la crevaison.

Alors je suis sorti de la voiture, j'ai grimpé le talus, et malgré le panneau signalant le passage d'animaux à cornes et dédaignant une éventuelle inculpation pour attentat à la pudeur devant cervidés, je me suis copieusement masturbé en riant sous la pluie. Je m'étais dit qu'au moins, j'aurai eu un plaisir dans ce voyage !

Je jure que c'est authentique, et me connaissant comme tu me connais maintenant, tu sais que c'est vrai. Tu vois, déjà, sans le savoir, je pyramidais. Sous la pluie, d'accord, mais je pyramidais.

Tu dois trouver que mes échappatoires, dans mes actes ou dans mes mots, sont bien trop souvent d'ordre sexuel, et qu'il n'y a pas que ça dans la vie. C'est vrai. Mais dans ma vie à moi, il y a beaucoup de ça. Atavisme ou déviation, qu'importe, le fait est là. Je l'accepte, et j'ai fait de mon sexe mon balancier de funambule. Je t'ai dit au début qu'il fallait transposer, adapter. Ton balancier à toi est peut-être la musique, la lecture, la mécanique ou que sais-je ? Quelle qu'elle soit, en tout cas, trouve ta soupape à mots et à gestes, et n'aie pas peur d'en abuser. Qui sait, ce jour-là, sur la route pluvieuse, si mon exutoire avait été l'opéra, je me serais mis à entonner le *Barbier de Séville*.

Si tu croises un jour un automobiliste en panne, sous la pluie, qui hurle « Figaro-ci, Figaro-là » à un troupeau de chevreuils, n'appelle pas le Samu, c'est qu'il aura lu le même livre que toi.

Dernière note à l'attention des paparazzis de tout poil : pas la peine de vous déguiser en cerf entre Vierzon et Romorantin, je ne me branle plus sous la pluie depuis que j'ai changé d'alternateur.

Monsieur Patrick Sébastien,

Je prends la plume, pardon le stylo, pour m'insurger encore une fois. Je m'insurge souvent, me direz vous. Eh bien oui ! Mais s'insurger est parfois bien nécessaire quand c'est pour une cause aussi noble que la protection des animaux. Vous m'avez reconnue, je suis une actrice des années cinquante reconvertie. C'est ça, Brigitte, la seule et l'unique. Je viens de lire votre chapitre concernant les petites contrariétés, croyant que vous y feriez mention d'aboiements de chien, de griffures de chat ou de chiures de pigeon, et je m'apprêtais à vous attaquer en justice au cas où vous auriez encouragé les gens victimes de ces désagréments à museler les chiens, à amputer les chats, ou à obstruer le trou du cul des pigeons avec des capsules d'Heineken. Ne souriez pas, il y a eu des cas en Belgique. Par bonheur, vous semblez ne pas en vouloir à nos amis les bêtes des villes.

Par contre, vous me voyez abasourdie, renversée, tétanisée par l'horrible traitement que vous avez fait subir à nos amis les cerfs.

Comment avez-vous pu vous livrer à une masturbation en règle au vu de ces pauvres animaux, dont vous avez dû perturber la libido pour longtemps ?

Je ne connais pas la taille de votre appendice, mais, d'après le récit de vos conquêtes, elle me semble plus que notable.

Imaginez un peu la détresse du cervidé s'il s'était avéré qu'il fût en défaut de quelques centimètres. Je tremble d'en trouver certains pendus de désespoir en forêt solognote.

Mais pire, imaginons que, instruits de votre pratique, lesdits cerfs aient tenté la même manipulation. Concevez-vous la terrible humiliation de la bête tentant désespérément de se branler avec un sabot ?

Irréalisable ! Si Dieu avait voulu que les cerfs se masturbassent, il les aurait pourvus de paumes et de cinq doigts. En agissant ainsi, vous leur avez montré leur handicap par rapport à l'homme. Et étonnez-vous qu'un jour, vexés, ils décident systématiquement d'attaquer l'homme, vous en seriez directement responsable.

À l'avenir, tâchez de pratiquer l'onanisme hors la vue de quelque animal que ce soit, excepté peut-être le singe et la grenouille. Je vous interdis catégoriquement le perroquet, ça serait pour lui un coup à se casser la gueule du perchoir. Et puis franchement, n'y a-t-il pas plus suggestif qu'un animal en liberté ?

Comme je sais que malgré vos petits coups de griffe, vous m'aimez bien quand même, que vous respectez mon œuvre et que vous déclarez partout que j'ai été la plus belle femme du monde, je vous joins une photo de moi, nue. Faites-en bon usage et, à l'avenir, ne mêlez plus les populations forestières à vos caresses solitaires, si pyramidales soient-elles !

12
L'ingratitude

Ils sont tous deux adossés au platane. Amoureux. Les platanes, de l'autre bord de l'allée, leur cachent un peu le spectacle. Un feu d'artifice. Oh, la belle verte ; oh, la belle rouge. La belle bleue, c'est maman. Lui, c'est son nouveau fiancé. Ils ont cinquante ans à eux deux. Vingt-cinq pareil. Et moi, j'ai bientôt huit. Huit ans sans habits d'homme dans l'armoire de maman. Alors ce soir, c'est décidé, il prend la mère et l'enfant. Et il l'élèvera comme le sien. Il lui apprendra à marcher droit, à ne pas mettre les coudes sur la table, à ne pas parler en mangeant. Bien sûr l'adolescent, un jour, se révoltera : « Qui ça gêne, les coudes ? Mais putain, il faut dialoguer, faites chier, vous êtes tous des vieux cons ! » Que je regrette ces paroles aujourd'hui ! C'est cette discipline qui m'a fait fort et responsable. Ma solidité d'aujourd'hui, je la dois beaucoup aux « pas de coudes sur la table ».

Cet homme, je ne l'ai jamais appelé papa. Je n'y arrive pas. Il est encore là près de moi, souvent. Une présence discrète, jamais autoritaire, jamais sentencieuse. Une existence de travail, d'abnégation, de rêve de Prix d'Amérique et de bon sens paysan. Des travaux des champs de son enfance et des étals de boucher, il a gardé ses mains larges et plates qui, pour moi, ont toujours été la marque de fabrique d'un homme, un vrai. J'ai plus que du respect pour la constance muette de cet homme. Il est de ceux qui ont traversé deux tiers de siècle sans soubresauts, usant de la télécommande et des technologies du progrès avec le même détachement qu'il maniait la faux, la bêche, ou le fusil. Pas celui qui tue, celui qui affûte. Philosophie du contemplatif. L'envers de moi. Mais ma référence aussi. Le verbe sécuriser que je conjugue au plus-que-parfait. Ne pas parler de lui dans ce livre d'amour aurait été mon plus grand exemple d'ingratitude.

Il y a comme ça des hommes-ponts, qui vous évitent de traverser des rivières à la nage. Ce n'est qu'une fois sur l'autre rive qu'on se dit, tiens je suis là, et je suis sec. S'il n'avait pas été là, j'aurai peut-être dû faire un grand détour, ou je me serais noyé. Merci.

Ma mémoire est constellée de mille sourires de services rendus, de coups de main, de coups de cœur qui ont permis à leurs destinataires de me considérer comme leur sauveur provisoire. Et puis, faillite de leur mémoire à eux, ou oubli délibéré, beaucoup de ces sourires se sont estompés ou transformés. De la simple indifférence à l'agression amnésique, il me semble que cette fin de siècle va finir par faire disparaître le mot « reconnaissance » du dictionnaire. Non que je considère la reconnaissance comme un dû. J'en fais plus une question de politesse. « Reconnaissance » et « politesse », voilà des mots bien désuets, à l'époque où la violence la plus crue est devenue le quotidien du téléphage. T'as vu comment ça flingue dans les séries, t'as vu comment ça cause ! C'est vrai qu'il est difficile de demander à un siècle cupide et violent, de respecter des valeurs aussi peu lucratives que la parole tenue, le « merci pour tout » et le « si tu as besoin de moi, je suis là, je te dois bien ça ».

« C'est dans le besoin qu'on reconnaît ses amis », dit le proverbe. Les proverbes disent souvent des conneries. Parce que, justement, l'ami doit être là, avant, pendant et après le besoin. L'ami doit surtout savoir quand ne pas être là. Il doit moduler sa présence et son absence en fonction du bien que cela peut faire. On ne parle pas avec un vrai ami. Il sait, il sent, il agit. On ne communique pas avec un ami par l'alphabet. On se respire, on se devine, on s'étreint sans les bras, on s'embrasse sans les lèvres.

On dit que l'ingratitude blesse d'autant plus qu'elle vient de celui qu'on croyait un ami. « Ami » est un mot dont le sens n'est certain qu'à la fin de sa vie. Là, on peut dire « c'était mon ami », sûr, justement, que l'ingratitude n'a rien entaché. Et foin de l'ingratitude post-mortem qui pousserait l'ami à renier sa relation avec toi de son vivant. Tu étais son ami. Qu'importe si, après, il n'est plus le tien. Qu'importe même s'il pousse la sollicitude jusqu'à cueillir chez ta veuve la fleur que tu avais fait pousser. Son désir est compréhensible puisque vous aviez les mêmes goûts. C'est la frivolité de ta veuve qui est blâmable. Surtout si elle maquille ses étreintes bavardes en quête de réconfort moral et ses orgasmes en épitaphe, la salope !

Je dois dire que la veuve éplorée clitoridiant aux fantasmes du parrain des gosses est une des formes d'ingratitude qui me bouleversent le plus.

Mais il en est d'autres. L'ingratitude du sang, par exemple. J'en sais tant qui vendraient leur mère et qui, de plus, livreraient à domicile. Ma plus grande reconnaissance pour ma mère à moi est, qu'un soir, l'envie d'amour a fait que j'ai été le premier, neuf mois plus tard, à passer dans l'autre sens. Et puis ce mélange intense de conseils, de protection, d'orages, de sollicitude, de disputes gargantuesques ! Ces maudits mots dits, violents à souhait, parce que je l'aime en tempête, parce qu'elle est ma mer : des larmes de fond, des profondeurs d'amour, un cimetière, au plus profond d'elle, de passions chavirées. Et tous ces oublis d'elle pour notre bonheur à nous, ses enfants. Alors ne pas tout lui pardonner, ne pas tout lui embellir le temps qui lui reste à nous couver serait plus que de l'ingratitude : ce serait une énorme saloperie !

Alors je désingrate souvent à sa porte de minuit, pour lui dire que la route était glissante mais que je suis bien arrivé, qu'elle peut dormir, parce que je sais qu'elle oublie son sommeil quand je suis en danger.

Je crois qu'il n'y a rien de pire pour une mère que l'ingratitude de son enfant. N'oubliez jamais ça, les mômes ! L'ingratitude face au coup de pouce donné et oublié n'est rien à côté. Ça, j'ai bien connu : ces jeunes artistes avides et si tendres, remplis du seul talent de leur bon vouloir, qui ont tapé un jour à ma porte pour que je leur donne l'élan du grand saut. Certains ont tellement sauté haut qu'ils ne me voient plus, perdus dans les myriades d'étoiles artificielles. À présent, ils me jugent trop ça, ou pas assez ça pour leur image. Ils n'étaient qu'une esquisse, j'ai ajouté des couleurs ; aujourd'hui, ils ne me fréquentent qu'au gré du brillant que cela peut leur apporter. Alors je pyramide. Pyramide toi aussi, en adaptant mes lâchages showbizziens à tes propres déceptions de pieds à l'étrier qui se sont transformés en coups de sabot.

Base 1 (humour) : La prochaine fois que j'aide quelqu'un à monter l'échelle, je m'arrangerai pour que ce soit une fille, je pourrai au moins voir sous sa jupe !

Base 2 (non-apitoiement) : Il y a quelque chose de plus grave qu'un boomerang qui ne revient pas, c'est d'être ce boomerang. Il ne faut jamais oublier la main qui te lance parce que tant qu'on est en l'air, tout va bien, mais, quand on retombe, on peut s'écraser n'importe où.

Et puis (base 3 : non-vengeance) : Il ne sert à rien de dénoncer les ingrats, de les persécuter à longueur de temps en ressassant les services rendus. L'ingrat te répondra que d'accord, grâce à toi, il est ce qu'il est, mais que peut-être sans toi, il le serait aussi, voire encore plus. Et c'est qu'il a raison le bougre ! Le service rendu n'a de valeur que dans le temps où il est rendu. Car personne ne peut dire si ce service-là, non rendu, n'aurait pas été suppléé par un service encore plus utile.

C'est pourquoi ma méthode propose qu'à chaque service rendu à l'autre, on s'enfonce bien dans la tête que c'est un service rendu à soi. Un prêt non remboursable, qui enrichit celui qui le fait. Dans ces conditions-là, on n'accuse plus l'ingratitude si elle survient. Le service rendu à ton bien-être, le plaisir d'avoir fait plaisir, annule toute redevance. Et serait bien mal venu celui qui demanderait des intérêts sur une somme qu'il s'est remboursée en la versant. Donc, ne dis plus : « Je l'ai sorti de la merde et il ne s'en souvient même pas. » Dis plutôt : « Dommage qu'il ait gardé l'odeur. »

La pierre philosophale de la pyramide serait de lui offrir du parfum. Tout de suite, il y a le petit lutin du commerce qui monte sur mon épaule et qui me souffle : « Oh, la bonne idée ! On sort un parfum *Pyramide* et tous les oubliés du service rendu l'offrent aux ingrats. Tu vois ça, avec une bonne campagne de pub ! »

Vade retro parfumas ! Cette méthode ne se vendra ni en parfum, ni en pin's, ni en tee-shirt, c'est déjà beaucoup qu'elle se vende en livre. Je ne suis pas du genre à décliner la souffrance en gadget. Écrivain, c'est encore un art ; pilleur de cœurs dans les supermarchés, je laisse ça aux filières sans morale des usines à chanteurs pour enfants.

Monsieur Patrick Sébastien,

Vous avez bien fait de citer l'ingratitude comme souffrance car j'en souffre. Et cette souffrance, comme je vous la dois et que, moi, je ne suis pas un ingrat, je vais vous la rendre. J'espère que vous en souffrirez à votre tour, car je n'appliquerai jamais votre pyramide, et je tiens à me venger de votre ingratitude en déclarant à tout le monde que vous êtes un salaud qui n'a pas de mémoire pour ceux qui l'ont aidé.

Mon nom ne vous dira rien, mais souvenez-vous, un jour, vous faisiez un gala dans les arènes de Fréjus. J'étais au sixième rang, place 44, 150 francs le fauteuil. Ce soir-là, j'ai également dépensé 350 francs de repas avec ma femme, plus l'essence et l'usure des pneus. Arrondissons à 500 francs. Admettons que sur ces 500 francs, il vous soit revenu 100 francs. C'est comme si ce soir-là, j'avais mis 100 francs dans votre poche. Or, ce soir-là précisément, j'ai appris que, tard dans la nuit, vous êtes allé voir une prostituée à laquelle justement vous avez donné 100 francs. Je considère que ces 100 francs-là pouvaient très bien être les miens. Or il se trouve qu'après enquête, j'ai appris que vous étiez resté avec cette prostituée de 3 h 10 à 3 h 45. Dans le même temps, c'est-à-dire aux environs de 3 h 30, une des poutres surplombant le lit de l'hôtel où vous deviez dormir s'est effondrée.

D'après les techniciens, cette chute aurait pu provoquer votre mort, si vous vous étiez trouvé au lit, et non aux putes. Je considère donc que mes 100 francs vous ont sauvé la vie.

J'ai, il y a un an, expédié un courrier à votre bureau relatant les conclusions de mon enquête, avec preuves à l'appui. J'ai ajouté à ces conclusions une demande de deux millions de francs dont j'avais absolument besoin, et qui, en outre, me semble totalement justifiée par le fait que je vous ai sauvé la vie. Pour toute réponse, j'ai reçu une photo de votre postérieur agrémentée de ces mots : « Tu veux pas aussi que je te fournisse la vaseline ? »

Je tiens à exprimer ici mon dégoût pour la manière honteuse dont vous traitez ceux à qui vous devez la vie ! C'est de l'ingratitude pure ! J'espère que ce second courrier vous trouvera plus coopératif. Je veux bien renoncer aux deux millions de francs si vous acceptez toutefois, en reconnaissance, de me faire passer dans une de vos émissions pour que j'y fasse connaître mes dons : je guéris le cancer à distance, je tricote des moufles à six doigts, je fais le poirier dans un pot de confiture et je prédis le passé.

Je vous quitte car les infirmières m'appellent. Elles aussi sont ingrates. Quand je leur pisse dessus, elles me giflent ! Pourtant si je ne les arrosais pas, elles ne seraient pas si grandes.

13
La timidité

Elle est rousse comme si les platanes lui avaient recouvert la tête de feuilles d'automne. Elle virevolte à cloche-pied jusqu'au paradis tracé à la craie dans l'allée. Marelle d'été. Jupette rose et socquettes blanches.

L'enfant à cloche-cœur l'observe, paille en verre de grenadine. Elle a quoi ? Sept ans ? Lui, huit. C'est une gamine. Une petite. Il a déjà dragué les grandes de douze ans. Que des snobs et des pimbêches. Des méprisantes de collège qui ne vont tout de même pas s'abaisser à jouer au docteur avec un morpion de cours élémentaire deuxième année.

La joueuse de marelle s'est arrêtée. Tout à coup, elle s'est sentie épiée. Caché dans le buisson, il ne respire plus.

– Viens, viens !

C'est sûrement pas au merle qu'elle parle. Il écarte les buissons et s'avance. Elle a laissé tomber son galet.

– Je m'appelle Mariane !

– Mariane, je t'aime !

Il écarte la boucle rousse et colle les lèvres sur les siennes fraise. Les yeux dans les yeux. Rouge la bouche, bleu les yeux. Rouge, bleu. Rouge, bleu. Rouge, bleu…

– Eh bien, élève Boutot ! On suce sa gomme en dormant…

– Quoi… Mariane… Euh, Madame…

Toute la classe éclate de rire. Et l'enfant sort de son rêve…

– Finissez votre dessin, c'est une école ici, pas un dortoir !

À côté de lui, Mariane a fini de dessiner sa feuille de platane. Il peindra jusqu'à la cloche, et même un peu après.

– Enfin, Boutot, vos camarades sont tous sortis. Décidément, aujourd'hui, ça ne va pas ! Allez ouste…

L'enfant s'éloigne tête basse. L'institutrice s'approche du pupitre.

– Une feuille de platane avec des yeux bleus, décidément ce petit est perturbé !

Et elle va au tableau écrire les mots pour le lendemain. Le premier est *Timidité*.

Si je te dis que j'ai été très timide, tu ne vas pas me croire. Et pourtant, cette timidité ne s'est estompée qu'au bout d'une vingtaine d'années. J'étais un enfant et un adolescent réservés. La réserve (qui passe pour de l'intelligence dans une soirée de grandes gueules) est en fait une véritable souffrance. Cette réserve-là me faisait rebrousser chemin aux portes des surprises-parties. Elle me faisait rentrer dans la gorge la chanson que je voulais chanter aux copains, par peur du ridicule, et rentrer dans mon slip l'excroissance d'amour qu'une accueillante jeune fille aurait pu soulager sans difficulté ni déplaisir. Aujourd'hui, ma vie est une gigantesque surprise-partie, certains chantent mes chansons et il arrive à mon excroissance d'amour de faire la difficile. « Non pas ce soir, j'ai la migraine. »

Mais que de fois l'ai-je maudite, cette timidité. Je me souviens de ces après-midi langoureux d'automne où, fort de ma virilité fraîche d'adolescent, je rôdais autour des amies de maman. Avec cette terrible envie de stupre, entretenue par les illusions des deux ou trois nuits précédentes, où le plus profond de mes rêves allait au plus profond de ces dames. Et je prétextais un pantalon à recoudre, un plat à rendre, un message à transmettre pour approcher la ménagère inactive de trois heures (entre le repassage et le gosse à aller chercher à l'école). Et malgré les attitudes neutres, qu'au moindre croisement de jambes à hauteur de jarretelles j'imaginais demanderesses, je n'ai jamais osé ne serait-ce que formuler l'envie qui me vrillait le génital. Je me la mettais sur l'oreille, et j'allais fumer tout seul. Mon amour aussi d'ailleurs, pour ceux qui ne verraient en l'adolescent que j'étais qu'un boutonneux obsessionnel. À dix-sept ans, on a le cœur et les poignets fragiles.

Et puis j'ai fini par oser les filles. Oser les chansons. Oser la vie. Enfin, c'est surtout la vie qui m'a mis en situation d'oser. Quand il faut bouffer et donner à bouffer aux autres, il faut bien se lancer. Ma vraie victoire sur la timidité, je la dois à des volumes. Pas des volumes d'eau dans le pastis (ça, ça dure juste le temps de la griserie), non, moi, c'était des volumes d'encyclopédie que je suis parti vendre de porte en porte. Je te le conseille. Pour désinhiber, c'est fantastique. Quand on a réussi à vendre la philosophie allemande du XVIe siècle aux agriculteurs de basse Corrèze, on a franchi une grande partie du fossé qui sépare le rebrousse-chemin de la mâle assurance.

Et fort de cette mâle assurance, on s'aperçoit que les portes qui ne s'ouvrent pas sont celles qu'on ne pousse pas assez fort.

La timidité est partie intégrante de bien des maux exposés aux chapitres précédents – la différence, la solitude, l'échec –, c'est pourquoi il est de notre devoir, à nous parents, de pyramider nos enfants dès le plus jeune âge, en les rendant complices de notre propre audace, de notre propre aisance.

– Mon fils, tu vas demander à ton institutrice si elle veut être ma maîtresse à moi aussi.

– Madame la maîtresse, mon papa veut vous sauter.

– Malpoli va ! Et puis d'abord, il ne peut pas faire ses commissions lui-même, ton papa !

– Excusez-moi, madame l'institutrice ! C'était un test pour me donner de l'assurance dans la vie.

– Intéressant, qu'il passe me voir après la classe !

Et l'enfant rentre seul au foyer familial.

– Maman, maman ! Papa s'est fait la maîtresse ! Ça y est, je ne suis plus timide.

C'était la base 1 (humour). Le non-apitoiement (base 2) est d'accepter sa timidité non pas comme une maladie incurable, mais comme un état provisoire qui est le contraire de la coqueluche : c'est seul qu'on l'attrape, et c'est au contact des autres qu'on la guérit. C'est vrai que le timide, par définition, ne s'agglutine pas, ne se mêle pas. Parce que le timide a peur de son ombre. Il est sans arrêt planté en juge à côté de lui-même. Il se regarde ne pas être. Encore une fois, c'est l'amour le déclencheur. Cet amour qui bouscule tout. Tu es timide ? Va dans la foule. Bien sûr, les grandes gueules vont te paralyser ; la différence de classe te tétaniser, les regards plein d'assurance te statufier. Alors, cherche le regard perdu, le voûté de chagrin, celui qui mendie un mot ou un geste de réconfort. Avec celui-là, tu oseras facilement parce que ta timidité n'est qu'une blessure superficielle, et que les blessés d'amour sont des blessés graves. Le premier pas est là. Il est facile à faire parce que c'est un pas de compassion. Mais c'est déjà un pas. Et ce n'est qu'après avoir relevé le suppliant que tu t'apercevras que l'arrogant est largement à ta portée. Tu es timide ? Ose les faibles et ton ombre, ton propre juge, sera tellement fière de toi qu'elle ne sera plus à côté de toi mais en toi pour affronter les puissants. Et continue à ne pas oublier que tu es le centre du monde.

Récemment, j'ai eu une entrevue officielle avec le président de la République. Crois-moi, quelques heures avant, elle était piètre, ma mâle assurance.

J'ai pyramidé en commençant par la base 3 (non-vengeance) ; la base 1 (humour) : Je te la garde pour la fin parce que ça fait une bonne chute.

Base 3 donc : Ne pas se venger de l'appréhension en s'autoflagellant de phrases du genre : « Pauvre con, t'avais qu'à pas demander une entrevue, tu ne serais pas en train de fouetter comme un gamin devant la ménagère de trois heures ! Et puis c'est pas le moment de penser à ça, parce que si tu dois te masturber ce soir en pensant à lui, tu auras du mal à la maintenir l'excroissance d'amour. »

Base 2 (non-apitoiement) : C'est quand même mieux d'avoir à faire au président de la République pour le questionner sur son sens de l'humour plutôt que sur son sens de la mort si tu devais lui demander ta grâce avant ton exécution.

Base 1 (humour) : Son sens de l'humour, il faudra qu'il soit drôlement costaud, au président, si par hasard il tombe sur ces lignes, parce que c'était quand même une sacrée victoire secrète sur ma timidité que d'avoir procédé à cette interview en gardant mon sérieux, sachant la patriotique dédicace que je portais secrètement à cette occasion.

Quelle patriotique dédicace ? Je m'étais, tout simplement peint la bite en bleu, blanc, rouge.

Cela peut surprendre, choquer, faire rire ou me rendre tout à fait insupportable, mais cela restera pour moi le plus bel hommage que je pouvais rendre à mon adolescence réservée. Je me vois rattraper cette enfance par le col mao de mes quatorze ans et me dire :

– Tu vois, Patrick. Un jour, tu parleras pendant une heure officiellement au président de la République.

Et l'adolescent me répondra :

– Mais je suis bien trop timide !

Et je reprendrai :

– Et en plus tu auras la bite tricolore.

Alors l'enfant se mettra à rire. Il se précipitera chez un marchand de couleurs, et il ira frapper à la porte d'une amie de maman, celle qui croise les jambes haut, et dira :

– Et si je vous siffle *la Marseillaise*, madame, ça ne vous dirait pas de me soulager l'étendard ?

Monsieur,

Ainsi donc, quand je vous ai fait l'honneur de vous recevoir à l'Élysée, vous cachiez une œuvre d'art. C'est en feuilletant discrètement cet ouvrage (ceux d'Attali m'ennuient) que j'ai découvert votre dissimulation.

Si j'en crois donc vos affirmations, vous auriez poussé ce jour-là le patriotisme jusqu'à l'inconvenance. Quelle idée saugrenue ! Je ne vois pas en quoi cette teinture aurait pu vous être d'une quelconque utilité. À supposer qu'on vous ait imposé une justification de votre nationalité, une carte d'identité eût largement suffi.

L'offense à président de la République ne comporte pas dans ces possibilités diverses celle de véhiculer sur soi-même et à l'abri des regards quelque inscription que ce soit. Vous auriez écrit « Vive Chirac » que cela n'aurait en aucune sorte justifié une sanction pénale. Mais si l'offense à la fonction n'entre pas en ligne de compte, permettez-moi, cher Monsieur, de me considérer comme offensé en tant qu'homme. En effet, vous me voyez déçu et frustré de n'avoir pu partager avec vous ce savoureux instant de lèse-majesté. Que ne l'avez-vous exhibée, cher ami ! C'eût été, en ces moments de morosité, un rayon de soleil tricolore sur la morne plaine de mes rendez-vous officiels. Que n'avons-nous devisé sur le profond des couleurs, la largeur du trait et l'insolence du support.

J'y aurais volontiers ajouté ma dédicace, prénom compris ou non, selon le degré d'excitation de la situation.

Veuillez avoir l'amabilité de me faire au moins parvenir quelques clichés, car je ne doute pas que vous ayez immortalisé cette gouache. Je vous promets de les faire figurer en bonne place dans mon musée personnel des énormités photographiques qui comprend déjà (que cela reste entre nous) le sein gauche de Margaret Thatcher surpris en plein vol au sommet des Sept, le testicule droit de Boris Eltsine vu d'avion, et le petit doigt de Charasse coincé dans le porte-jarretelles d'Anne Sinclair au congrès de Rennes.

Moi qui en vieillissant deviens de plus en plus mutin, je n'ai aucune honte à vous dire que l'idée était belle, et resservira. Aux prochaines cérémonies commémoratives du débarquement en Normandie, je vous promets qu'il y aura écrit US de la même manière et au même endroit. Car si Dieu veut m'accorder un renouveau de vigueur, en hommage aux Gascons dont je chéris l'audace, cet US abrégé deviendra « Un pour tous ».

Soyez assuré de ma gratitude, Monsieur Sébastien. Grâce à vous, je rajeunis.

14
La loi

– Ils les ont arrêtés où ?

– Juste avant l'Allée des Platanes.

– Ils avaient volé quoi ?

– Deux chandeliers et des bricoles.

– Ah bon, merci petit !

Et l'enfant remercié rentre sagement chez lui, fier d'avoir aidé la justice, mais un peu soucieux des représailles. Et s'ils le retrouvaient pour lui faire sa fête, à la sortie de prison ! L'enfant n'aurait jamais pensé que dénoncer un voleur, ça ferait aussi peur. Mais comme il avait été témoin, il a bien été obligé de répondre quand le merle de Dieu lui a demandé :

– Tu n'as pas vu sortir quelqu'un de l'église, avec un gros sac ou quelque chose ?

– Si, monsieur le curé, deux hommes ! Ils sont partis par là !

Les gendarmes n'avaient mis que deux heures pour les retrouver. Et ils allèrent en prison. L'enfant n'avait pas encore vu *les Misérables*. Il ne savait pas qu'on n'avait pas porté plainte contre Jean Gabin. Pour l'enfant qui n'avait pas de télévision, les gendarmes et les voleurs, c'était du vrai. C'était les premiers vrais voleurs qu'il voyait. Quant aux gendarmes, il en avait surtout peur quand il pêchait des truites qui ne faisaient pas la maille.

Aujourd'hui, derrière chaque volet des maisons sous l'équateur, il y a des télévisions. Et dedans, il y a tous les jours des dizaines de voleurs tués par des gendarmes, et des dizaines de gendarmes tués par des voleurs. Banalité. Gentils voleurs. Gendarmes ripoux. La loi des séries. Qui est devenue la loi de la rue. Sûr que l'enfant d'aujourd'hui aiderait les voleurs de chandeliers à filer. Ou il leur demanderait de l'argent en échange de son silence

Il y a sûrement une Allée des Platanes en banlieue où, un jour, les enfants tueront tous les gendarmes. Putain de télé !

À côté de la place de l'église, il y avait un marchand d'appareils ménagers. Il laissait ses télés allumées le soir, derrière la vitrine. On était quatre ou cinq serrés dans le froid pour regarder la boîte magique, sans rien entendre. Il ne nous serait jamais venu à l'idée de casser la vitrine pour voler les télés. Pourtant, on aurait eu une bonne raison : on était trop pauvres pour se les payer.

Tout a changé si vite : les enfants, les voleurs, les flics. Et l'ours en noir et blanc qui venait endormir les enfants s'est éloigné de la ville sur son nuage. La caméra a grossi sur les immeubles. Puis sur la rue. Et soudain les couleurs : bleu, vert, rose. Et puis rouge, rouge, rouge sang. La télé poursuit, venge, tue, mitraille. Rouge, rouge sang. Il y a toujours une loi qui interdit de pêcher les truites trop petites, il n'y a toujours pas de loi qui empêche les enfants de regarder la télé qui tue.

La loi

La loi a été édictée pour différencier les hommes des animaux. Et ce sont les poulets qui la font respecter. Permets-moi une parenthèse audiardesque sur le flic, sa tâche, son œuvre et ce que j'en pense vraiment : ma tolérance pour le flic s'arrête à la nécessité. Il en faut, c'est pour ça qu'il y en a. Le carrefour qui bouchonne, la plainte à recevoir, le faible à protéger, c'est de l'ordinaire acceptable. Par contre, le contrôle méprisant, la fouille brutale et la garde à vue soupçonneuse et musclée, ça frise souvent l'inélégant, voire le psychiatrique. À se demander s'il n'y a pas abus d'XXL sur la taille des képis. Je veux bien que le voyou persifleur, ça agace, que le contrevenant narquois, ça crispe. Mais l'éructation, le PV mesquin, et le bouclier de la loi, moi ça me les brise. Je dis pas qu'il y a du Javert dans chacun, mais il n'y a pas du Maigret dans tous.

Cela posé, la loi génère deux véritables souffrances : celle de la contrainte et celle du laxisme. La contrainte, c'est le code de la route à respecter, la propriété à protéger, l'impôt à payer, etc. Si bien que l'homme du

XXe siècle est obligé d'évoluer au mieux dans les mailles d'un filet qui l'enserre de plus en plus… Et dans ce jeu de chat et de souris, où tout le monde triche plus ou moins, la société y trouve son compte, souvent au détriment de l'individu. La loi est la même pour tous. Mais tous les individus ne sont pas les mêmes. Il est là le problème. On devrait rayer le mot « justice » du dictionnaire. La justice n'a pas plus de définition fixe que son contraire : l'injustice. C'est tout au plus un arrangement de l'homme à l'homme, forcément générateur d'erreurs en tout genre : judiciaires, humaines, pratiques.

Et il y a le cortège des questions : la prison doit-elle être sanction, prévention, ou assainissement ? La peine de mort est-elle dissuasive ? L'omniprésence policière n'est-elle pas une atteinte à la vie privée de l'individu ? Un livre entier ne suffirait pas à y répondre. Parce qu'il n'y a pas de réponses définitives et objectives. Et je ne m'aventurerai pas à prôner des vérités que je pourrais contredire dans l'instant, au hasard de coercitions nouvelles.

Je veux juste essayer de te faire relativiser la difficulté de la contrainte quotidienne. La loi, c'est la loi ! C'est aussi simple que ça. Celle qui te contraint aujourd'hui te protégera demain. Dis-toi que c'est la météo. Les impôts pleuvent mais ils payent les routes qui t'amènent bronzer. Nuage, éclaircie. Nuage, éclaircie. Tu passeras toute ta vie à jouer à cache-cache avec les radars qui te flinguent et les radars qui empêchent de rouler comme un fou celui qui peut te désintégrer.

Tu vas jongler entre la plainte contre toi et la plainte contre l'autre... Par contre, sois assez malin pour éviter de passer ta vie à l'ombre.

L'enfermement fait partie des douleurs extrêmes. Je sais qu'en ce moment, il y en a beaucoup qui me lisent en cellule. Comment pyramider la prison ?

Base 1 (humour) : Risque d'accident de transport : nul. Risque de tomber amoureux d'un éléphant d'Afrique : nul. Risque d'être intoxiqué par un caviar pas frais : nul.

Base 2 (non-apitoiement) : Deux ans, c'est moins que trois ans. Trois ans, c'est moins que quatre. Etc.

Si tu y es à perpète, je t'avouerais franchement qu'à moins d'erreur judiciaire, je n'ai pas envie de te plaindre, vu que tu as dû faire beaucoup de mal pour en arriver là. Comme j'aime les hommes, je n'aime pas les hommes qui tuent les hommes. Je vais peut-être te sembler contradictoire (je le suis tellement également dans ma générosité), mais si tu as tué un enfant ou violé trois vieilles, la pyramide, tu peux te la mettre dans le cul ! Même si ton repentir est profond, même si tu as eu une enfance difficile. Cette méthode est une méthode d'amour. Mais elle n'est pas aveugle et surtout pas pétrie de compassion à l'extrême.

Ma base 3 (non-vengeance) s'arrête au respect de la vie et au non-respect de celui qui l'enlève. Même si cela doit remettre en cause toute ton estime pour mes messages d'amour, je te le déclare, je suis pour la peine de mort pour tout assassin d'êtres sans défense reconnu coupable à 100 pour cent, avec préméditation. Ne pas oublier les 100 pour cent de culpabilité et la préméditation. Mon intransigeance est une preuve d'amour : l'amour de l'innocence qu'en aucun cas un être digne de ce nom n'a le droit de massacrer. Outre que l'enfermement à vie est plus proche du sadisme que de la justice, la peine de mort, pour un être coupable à 100 pour cent et responsable de ses actes de barbarie, est pour moi un acte de courage et de civisme de la part de celui qui la décide, comparée à la peine de mort non officielle quotidienne que se permettent d'imposer quelques bêtes humaines à des innocents – femmes, enfants et vieillards. Il est de bon ton d'être humaniste et contre, je suis humaniste et pour.

Un soir de décembre 1990, ils sont venus à deux vers moi, pas rasés, hagards, désespérés. Je rangeais mes affaires dans ma voiture. J'ai cru à une demande d'autographe. Le plus jeune s'est approché et m'a dit :

– Monsieur, aidez-moi, je cherche l'assassin de ma fille. Ça va être Noël et je sais qu'il est à Paris. Mon enfant a été étranglée et violée. Je sais qu'il est coupable. Mais la justice l'a remis en liberté. Je veux le retrouver pour le tuer.

Alors j'ai passé des heures à convaincre ce père avorté vif que tant qu'il y avait une chance, même sur un million, que cet homme qu'il recherchait soit innocent, il fallait qu'il renonce à son projet meurtrier. Et je l'ai convaincu. Depuis, c'est devenu un ami. J'ai étudié le dossier, et mon intime conviction est que l'homme qu'il cherchait ce soir-là est coupable. Mais je ne suis pas juge. Peut-être l'affaire sera-t-elle rejugée. Je le souhaite. Pour la paix de l'âme de ces parents innocents. Ma pyramide ne peut pas leur convenir, vu que l'humour, le non-apitoiement et la non-vengeance sont impensables face à la photo d'une enfant empalée, massacrée à coups de pierre et étranglée.

Vous deux, je pense à vous, je communie avec votre douleur et je vous aime, c'est tout ce que je peux faire.

La correspondance qui va suivre ce chapitre, exceptionnellement, ne sera pas imaginaire mais authentique. C'est la lettre d'un taulard, qui m'a écrit récemment ce poème de la prison des Baumettes. Ce poème est la souffrance et l'espoir, il pourrait être le résumé de ce livre.

Ils n'ont pas su m'élever,
Faute de quoi, ils m'ont dressé.
Alors pour me venger d'eux
J'ai marqué ma peau à l'encre bleue.

Ce gosse n'est pas normal ! C'est un sauvage !
Regardez son bras, il porte un tatouage.
Je les entends encore ces vieilles connes,
C'est en hurlant qu'elles ramassaient leurs mômes.

Défense de m'approcher, disaient les vieux,
Comme si mon malheur avait été contagieux.
J'aurai voulu pourtant leur dire
Mais à quoi bon parler du pire.

La loi

Parler de ma vie d'enfant ?
Des coups reçus par les grands ?
De cette mère que je n'ai pas connue ?
Et du pourquoi mon crâne tondu ?

Résigné devant tant de conneries,
C'est tout seul que j'ai grandi !
Avec pour tout copain,
Le grand Meaulnes Augustin.

Aboutissement d'une vie mal faite... ?
Je suis aujourd'hui à la prison
des Baumettes.
Merci à tous, bande d'ordures,
Sans vous, je n'aurais jamais aimé la lecture.

Les Baumettes, le 14 juin 1993.

15
Le temps qui passe

La maison des vieux de Juillac est plantée là, à droite, juste avant l'Allée des Platanes. Comme un dernier relais. Comme une dernière halte. Un pavillon témoin avant la résidence définitive. Et les vieux y sont vieux. Terriblement.

Caché dans ma voiture, je les observe. L'institutrice de jadis, quatrevingtdixseptant les trois mètres de la route à traverser en traînant la pantoufle. Le vieux installant sa vieille dans le fauteuil, à douze images seconde, le souffle court de soutenir un bras. Et je magnétoscope la vie de ces deux-là, rembobine, puis repasse la cassette en accéléré.

Les deux enfants jouent. Les deux adolescents s'embrassent. La femme accouche. L'homme travaille. La femme accouche encore. L'homme dort, mange, boit et travaille encore.

La femme tient la main de sa fille qui accouche. L'homme boit et chante au baptême. La femme promène ses petits-enfants. L'homme construit des balançoires. L'homme et la femme sont étrangers dans leur maison. Une voiture s'arrête devant la maison de vieux. Les enfants déposent l'homme et la femme. Presque fin de cassette. Arrêt sur image : la fenêtre de la chambre 51, l'homme et la femme agitent leurs mains tordues. Vu la largeur du plan, on ne voit ni les larmes ni le désespoir. Devant la façade, deux vieux assis. Une infirmière. Au premier plan, l'auto des enfants qui démarre. L'homme au volant, soulagé. La femme, le bras levé par la vitre, fait au revoir sans regarder. Je crois qu'elle sourit.

Allez, on dit que c'est la fin. Générique. Casting. Dans le rôle de l'homme : l'homme. Dans le rôle de la femme : la femme. Dans le rôle des enfants qui abandonnent leurs parents : l'allocation vieillesse et 1250 francs de retraite chacun et une procuration. Coiffeur : les cheveux blancs. Maquilleur : les rides. Ingénieur du son : la toux. Directeur photo : sépia. Responsable des cascades : les rhumatismes. Production : la vie. Réalisation : le temps qui passe. Remerciements à la cour de la maternelle, à l'école, à l'usine, à l'église, à la cuisine, à la chambre, à la rue qui monte, à la rue qui descend.

La production tient aussi à remercier le ministère de la Morosité et le secrétariat d'État aux Habitudes et aux Mains calleuses.

La cassette est distribuée par Banal +. Toute utilisation en dehors du cercle familial est formellement interdite. C'est un film Univers. Sale.

Article premier d'une loi utopique : l'incontinence, le radotage, l'encombrement et la pension, quel qu'en soit le prix, ne constituent en aucune façon une excuse à l'abandon des vieux. Tout contrevenant s'expose à une peine de honte et de déshonneur à perpétuité.

Malheureusement, même honteux et déshonoré, ça peut continuer à vivre, un salaud ! Ça continue à voter, à regarder le Millionnaire, à empoisonner les chats du voisin, et à faire la morale à ses enfants.

Je n'aime pas les anniversaires. Je n'ai jamais compris l'adjectif « joyeux » qui leur est accolé. Est-il là pour marquer effectivement le plaisir d'avoir franchi un cap de plus, ou pour inciter à ne pas être trop triste d'avoir un an de moins à vivre ? Car les « Happy Birthday » sonnent en moi comme les « Hourra » partant des fenêtres successives des soixante-dix étages d'une tour d'où vient de se jeter un homme, et qui le saluent tout au long de sa chute.

Je l'avoue, le temps qui passe m'a toujours effrayé. Depuis que je pyramide, je m'y suis fait ; c'est une des pyramides que je ressors le plus souvent. Chaque fois que je vois ma gueule dans la glace. Rides, cheveux blancs, bourrelets tombants, souffle plus court. Putain, que c'est passé vite ! Déjà presque vieux. Et se dire que le combat est de toute façon perdu d'avance. Bon d'accord : teinture, lifting, ultraviolets peuvent entretenir l'illusion.

Mais il est des teintures si mal noires que les corbeaux s'y poseraient pour s'y reproduire.

Il est des liftings si tendus qu'on a parfois l'impression que *La chance aux chansons* est enregistrée à Tokyo !

Quant aux bronzés permanents sur les coups de cinquante ans, on dirait du « Crunch » avec l'impression terrible qu'au moindre sourire, le quartier s'écroule et la fanfare s'envole !

Finalement, c'est beau une gueule de vieux, je trouve. C'est beau parce que ça ne ment pas. On peut y lire toute une vie, toutes les peines, tous les rires, les regrets et les remords. Souvent, je m'attarde à fixer des vieux pour leur imaginer l'« avant ».

Cette vieille-là, est-ce que la ride du front était un chagrin d'amour ou une envie d'enfant ? Cette lèvre basse est-elle tombée par dégoût ou par étonnement ? Ce regard, frivolité ou cynisme ?

Ton visage sculpte au burin tes itinéraires, tes choix et tes vérités. Accepte les ans comme une table des matières qui s'inscrit à la fin du livre. Ne cours pas sans cesse après la jeunesse, car c'est la seule chose que tu ne rattraperas jamais. Et plus tu simules, plus tu deviens un vieux pas crédible. Un mauvais vieux. Un vieux dont on se moque. Elles ne te font pas rire, toi, ces vieilles en papillotes, outrageusement fardées, le cheveu buisson et le bijou lourd, qui n'arrivent pas à cacher leurs mains tachetées et plissées (ça c'est trop dur à refaire) où scintille la bague du fan club de Bruel ? Ou alors elles te font pitié. Dans les deux cas, elles ne déclenchent pas la réaction souhaitée. Elles ne veulent pas apitoyer ou amuser, elles veulent plaire. Plaire, c'est d'abord et avant tout être vrai. Ah, le putain de charme de Gainsbourg ! Le sex appeal de Depardieu ! Le magnétisme de Signoret ! Tu imagines, toi, Gainsbourg avec les oreilles rabotées, le nez mutin et les cernes absents ? Et son âme alors, il l'aurait mise où ? Son « Je t'aime, moi non plus » n'aurait pas dépassé deux degrés d'érotisme sur l'échelle de Ringo !

Et Depardieu sans coffre, sans nez, sans bide, ça n'aurait été qu'un Cyrano light, un Danton allégé, un Christophe coulant !

Et la puissance sans nom de celle dont j'ai tant de plaisir à me glisser dans les rides et les boursouflures, quand je veux faire passer l'essentiel, le grave, l'important : la Signoret !

La sagesse se lit mieux quand elle est burinée. Comment croire un vieux qui a triché sa peau ? Et pourquoi s'entêter à mourir jeune ?

Depuis que je pyramide, je glisse vers la vieillesse avec une infime satisfaction, comptant mes cheveux blancs comme autant de médailles, victoires sur la maladie que je n'ai pas encore eue, l'accident qui ne m'a pas happé. Mon abîmement physique devient mon orgueil. « J'ai vécu » est un fait acquis dont je suis fier. « Je vais vivre » est tellement plus aléatoire. Le fait d'être en perpétuel constat de fin proche donne aux jours une saveur particulière : la satisfaction du sursis. Le cadeau quotidien d'une vie qui continue.

Le fait de ne pas accepter sa vieillesse, ce besoin d'illusion, est désespérant au possible : c'est reculer chaque jour sa montre de vingt-quatre heures. C'est inutile, ça use le remontoir et ça n'arrête pas la course du temps.

Si tu tombais dans un torrent, toi, tu essaierais de le remonter ? Ou tu te laisserais porter par la descente folle, en profitant des accalmies du débit de l'eau pour arriver serein dans la plaine finale. Truite ou saumon? Franchement, pour finir fumé de toute façon, c'est pas la peine de se casser l'appendice caudal.

La pyramide à vieillesse est simple.

Base 1 (humour) : « C'est dans les vieux pots qu'on fait les bonnes soupes », qu'on peut féminiser ainsi : « Une vieille aide ménagère voûtée nettoie mieux sous le lit. » Ou, si tu préfères : « C'est dans les vieilles peaux qu'on fait les bonnes souples. »

Base 2 (non-apitoiement) : Ne pas accepter de vieillir est l'insulte suprême à tous ceux qui sont morts jeunes.

Base 3 (non-vengeance) : Ne plus jamais employer cette expression stupide : « Tu n'es qu'un jeune con », parce que dans ce cas-là, c'est pas la connerie qui est en cause, c'est la jeunesse. Et si l'intéressé répond : « Et toi, tu n'es qu'un vieux con ! » dis-toi encore une fois que Brassens avait raison : « Le temps ne fait rien à l'affaire… »

Et j'ajouterais que si le temps ne fait rien à l'affaire de la connerie, il ne fait rien non plus à l'affaire du bonheur. Et puisque cette méthode est une méthode à bonheur, dis-toi, et c'est essentiel, que tu ne sais jamais si les années à venir seront plus ou moins heureuses que celles qui sont passées. Jamais. C'est cinquante, cinquante. Donc le temps est neutre en ce qui concerne le bonheur. Et retire-toi de l'esprit que la peau qui se fripe est un nid à soucis. Bien sûr, il y a la maladie, l'inutilité sociale, l'impuissance, la solitude. Mais regarde de près : ce sont les maux de l'enfance. La vie n'est pas un chemin, c'est un cercle qui va de l'enfance à l'enfance. La deuxième enfance est appelée vieillesse pour son aspect physique. Mais nous sommes là pour parler du dedans et franchement, avoir fait le tour de ma vie pour retrouver mon enfance, moi, ça me plaît et j'en suis heureux.

Je serai un vieux farceur, à la charge de ses enfants, indiscipliné, fugueur et insouciant. Comme je me suis dépucelé le plus tôt possible, je me repucellerai le plus tard possible. Je jouerai aux billes, puisque j'aurai le temps. Je pisserai au lit. Comme je pleurais dans le noir par peur de la vie, je pleurerai dans le même noir par peur de la mort. Ma mémoire défaillante m'aura fait oublier les bonnes et les mauvaises choses.

Je compterai les feuilles des arbres. Je serai sourd à n'entendre que moi, je me souviendrai. C'était bien. J'étais petit. Vite, vite, que je sois vieux ! Très vieux !

Ah, j'allais oublier, pour la nourrice : gros, très gros les seins !

Monsieur Patrick Sébastien,

Je m'appelle PX 20004. Aujourd'hui, en l'an 2824, je suis une des rares personnes à encore comprendre, traduire et écrire cette langue étrange qui était le français et qui, paraît-il, servait à nos ancêtres pour communiquer. Aujourd'hui, nous ne nous exprimons plus que par signes, l'atmosphère décomposée nous forçant à l'isolement total sous combinaison pressurisée. Je viens de retrouver dans mes archives ce livre, écrit en 1994, et il m'a semblé reconnaître en vous, d'après les renseignements transmis par mes parents et grands-parents, la racine de mon arbre généalogique.

Je tenais à vous informer qu'aujourd'hui, au lieu-dit « Allée-des-Platanes », au nord du point 4704BZ qui, paraît-il, était il y a des siècles un petit village, s'élève un monument gigantesque en l'honneur d'un être exceptionnel, qui a changé la face du monde, qui fut le modèle de l'humanité et qui a fait de nous les hommes que nous sommes aujourd'hui.

C'est en effet en ce lieu qu'a atterri, en 2143, le premier être vivant venu d'une autre galaxie. Cet androïde nommé ARKUS 724 a entraîné dans son sillage toute une peuplade qui, à force de nettoyages ethniques, de massacres et de recompositions, a fait de la Terre cette magnifique couche d'acier qu'elle est aujourd'hui, en tant que base de départ de tous les vaisseaux spatiaux de l'univers.

C'est grâce à ARKUS 724 que je suis aujourd'hui le chef de cette base et j'ai sous ma direction les douze derniers êtres humains de la civilisation Terre.

Je vous écris cette lettre, car il s'agit d'une question de vie ou de mort de l'univers. Voici : depuis quelque temps, un élément volant non identifié perturbe tous les circuits radar, empêchant tout décollage, atterrissage et transit. Ce problème insoluble pour nos actuels savants m'a fait tenter de chercher la solution dans mes archives. Et je crois l'avoir trouvée. Mais pour cela, j'ai besoin d'une identification précise car mes ordinateurs sont programmés de telle manière que la moindre approximation pourrait être fatale. De la détermination précise de l'objet volant non identifié dépend la destruction ou l'immobilisation fatale du système entier des déplacements interstellaires.

Alors je vous le demande instamment : l'oiseau de l'Allée des Platanes, était-ce un merle ou un corbeau ?

Voilà, j'ai oublié plein de choses, passé sous silence bien des hurlements. À toi de faire avec ça. Je veux que tu sortes de ce livre toutes les béquilles, tous les tuteurs qui te permettront de continuer debout. Je sais que cette méthode est discutable. Mais elle n'est pas faite pour être discutée. Elle est là. Tu y prends ce que tu veux. Je sais que les bases de ma pyramide à trois côtés te paraîtront souvent très friables. Genres de contestations :

– La non-vengeance, c'est bien beau ; mais si on tue ton frère ?

– Faire le bien pour le mal, d'accord ; mais l'ordure qui viole des vieilles, on va quand même pas lui donner une médaille ?

– Et puis l'humour, faut en avoir, personnellement moi j'en ai jamais eu, alors qu'est-ce que tu réponds à ça ?

Rien. Je ne réponds rien. Pas un « rien » contrit et incapable. Pas un « rien » narquois. Pas un « rien » de philosophe, du genre : « Dans le rien, il y a tout. » Non. Rien, tout simplement.

Ce livre est sorti d'une main hâtive et bousculée, en cascade, en cri ! Je ne suis pas plus écrivain en sa fin qu'en son début. J'ai juste encré mes silences d'amour. En toute lucidité. Lucidité, c'est cela le mot de presque fin.

La lucidité a été et sera toujours ma plus grande souffrance.

Être conscient que la totalité de la misère du monde n'est pas de dimension humaine.

Être conscient de mon âge, de mon inutilité, de ma fatuité et de mon caractère éphémère.

Être conscient des autres qui sont moi et qui souffrent plus que moi.

Être conscient du rien de nos existences, de la vanité des chefs, de la force des cons, de l'incommensurable étendue du désert des haines.

Être conscient qu'au fond, ce livre n'est qu'un cri dans une montagne sans écho.

Être conscient d'être conscient. « To be conscient or not to be ! » Et je me fous de savoir si « conscient » en anglais se dit *conscient*. Je ne vais pas chercher dans le dico, parce qu'à cette heure-ci, je suis dans un état de conscience maximal et que c'est l'état idéal pour terminer ce livre en quelques lignes.

Je sais ce que je suis. Je sais ce que je vaux. Je suis grand, gras, pas très beau, j'ai un gros sexe et de gros besoins. J'ai baisé plus de moches que de belles, mais j'en ai baisé beaucoup. J'ai porté ma bite en étendard. Par plaisir, collection ou amour véritable. Je suis un saltimbanque vulgaire et inventif, capable du pire et du meilleur. Je suis aimé par la rue et détesté par les intellos. Je suis jalousé dans mon métier. J'ai une grande gueule, de la mauvaise foi et des limites. Je ne serai jamais un vrai père : j'aime trop mes mômes pour leur imposer mes défauts. Je ris en public et je pleure en voiture. Je représente bien plus que je ne suis. Je suis un bon produit pour les journaux à sensation et un mauvais pour les journaux à réflexion. J'ai le talent des mots et des idées. Pas celui des relations. Je suis honnête et loyal. Je suis maladroit, amnésique quand ça m'arrange, et lâche dans mes révoltes, parce que je n'irai pas au bout de mes indignations. Par confort, par habitude, ou par lassitude.

Je m'aime trop, et j'aime trop les autres. Je mourrai d'amour. Vous m'oublierez. Il ne restera rien de moi. Mais tant que je vivrai, j'aimerai aimer et je gueulerai partout que j'ai raison, parce que j'ai raison.

L'homme est amour, Dieu n'existe pas, et je pisse au cul du malheur et du destin. Je suis plus fort que la vie parce que l'amour est plus fort que moi.

Ce livre est terminé pour moi, pour toi il commence.

Table

Impression réalisée sur CAMERON par
BRODARD ET TAUPIN
La Flèche

pour le compte des Éditions Stock
en juin 1994

Imprimé en France
Dépôt légal : Juin 1994
N° d'édition : 2210 – N° d'impression : 6607 J-5
54-07-4338-03/7
ISBN : 2-234-04338-7